BLACKY THE CROW

乌鸦布雷奇

[美] 桑顿·W.伯吉斯 著   王宝 译

中国画报出版社·北京

图书在版编目(CIP)数据

乌鸦布雷奇 /(美)伯吉斯著;王宝译. -- 北京:中国画报出版社, 2018.4
 ISBN 978-7-5146-1454-1

Ⅰ.①乌… Ⅱ.①伯… ②王… Ⅲ.①童话—美国—现代 Ⅳ.①I712.88

中国版本图书馆CIP数据核字(2017)第322763号

乌鸦布雷奇

[美]桑顿·W.伯吉斯 著　　王宝 译

出 版 人:于九涛
责任编辑:赵　菁
版式设计:詹方圆
责任印制:焦　洋

出版发行:中国画报出版社
地　　址:中国北京市海淀区车公庄西路33号　邮编:100048
发 行 部:010-68469781　010-68414683(传真)
总编室兼传真:010-88417359　版权部:010-88417359

开　　本:32开(787mm×1092mm)
印　　张:6.5
字　　数:71千字
版　　次:2018年4月第1版　2018年4月第1次印刷
印　　刷:三河市文通印刷包装有限公司
书　　号:ISBN 978-7-5146-1454-1
定　　价:25.00元

出版说明

为了使读者朋友们全面了解这套动物小说，特作如下说明。

关于作者：桑顿·W.伯吉斯（1874—1965）是美国国宝级儿童文学大师，世界三大动物小说大师之一。另外两位动物小说大师是欧内斯特·汤普森·西顿和亚瑟·贝雷。

桑顿·W.伯吉斯的动物小说主打"温情"，欧内斯特·汤普森·西顿的动物小说主打"悲情"，亚瑟·贝雷的动物小说主打"恩情"。三种动物小说风格各异，蔚为大观，共同构成了20世纪前半叶世界动物小说的美丽画卷，促成了20世纪50年代后动物小说流派的开枝散叶和开花结果。动物小说创作的兴起和发展，赖此三子；动物小说的受欢迎和热销，亦赖此三子！

1874年2月14日，桑顿·W.伯吉斯生于马萨诸塞州的桑威奇。同年，他的父亲病逝。从此，他与母亲相依为命，母子二人生活清苦。童年时，他就放牛，摘野草莓，收野浆果，从池塘里运水莲，卖糖果，抓麝鼠……

桑顿·W.伯吉斯的第一位雇主是威廉·C.奇普曼。威廉·C.奇普曼的居住地遍布森林和沼泽，是野生动物生活的天堂。优美的环境深深地印在小伯吉斯的脑海里,后来激发了他无限的创作灵感。他的作品中的许多地点,譬如哈哈溪、微笑池塘、格林森林、格林牧场、蔷薇丛等,莫不与其童年的经历有关。

1891年,桑顿·W.伯吉斯毕业于桑威奇高中。1892年到1893年,他在波士顿一所商科学校短暂学习过一段时间。不过,他对商科不感兴趣,一心想成为作家。最后,他选择了菲尔普斯出版公司(Phelps Publishing Company),担任编辑助理。

1905年,桑顿·W.伯吉斯与妮娜·奥斯本喜结连理。遗憾的是,一年后,妮娜·奥斯本去世了,留下一子。据说,桑顿·W.伯吉斯之所以创作动物小说,是因为他想通过给儿子讲故事,陪儿子长大。1911年,桑顿·W.伯吉斯再婚。他的妻子叫范妮。范妮结过一次婚,嫁给桑顿·W.伯吉斯时已经是两个孩子的母亲了。1925年,夫妇二人在马萨诸塞州的汉普登买了一所房子。桑顿·W.伯吉斯在这里一住就是三十二年,直到1957年。其间,他常回桑威奇。他经常说,桑威奇是他的精神家园。桑威奇的经历,桑威奇的熟人,都强化了他的创作志趣,促进了他的文学风格的形成。五十年来,他笔耕不辍,著作等身,其中出版的动物小说就达一百七十种,为日报专栏写的动物小说故事就更多了,超过了一万五千篇。1960年,桑顿·W.伯吉斯最后一本书《业余自然主义者自传》(*Autobiography of an Amateur Naturalist*)面世,讲述了他从懵懂顽童走向文学生涯巅峰的故事。1965年6月5日,桑顿·W.伯吉斯病逝,享寿九十一岁。

关于作品:本次出版桑顿·W.伯吉斯的作品共十二册,分别是《快乐的松鼠杰克》、《兔子彼得夫人》、《狐狸奶奶》、《猎犬鲍泽》、《大熊巴斯特的双胞胎》、《麝鼠杰里在微笑池塘》、《乌鸦布雷奇》、《水貂比利》、《小水獭乔》、《森林鼠怀特富特》、《长腿苍鹭》和《鹿莱特富特》。每本书都以一个小动物为主题，讲述了跌宕起伏的冒险故事，演绎了"温情"这个主旋律。无论主角还是配角，都向往"公平"和"友好"。大自然母亲，西风妈妈和她的孩子们——快乐的小微风，太阳公公，月亮婆婆，北风哥哥和冰霜杰克等配角莫不如此，更不用说快乐的松鼠杰克等主角了。此外，伯吉斯将"环保理念"融入了小说。随着伯吉斯动物小说影响的不断扩大，"环保理念"进入千家万户，积极地推动了20世纪50年代后环保主义、自然保护主义和可持续发展主义的兴起。

关于版本：本书依据纽约格罗塞&邓拉普（GROSSET & DUNLAP）出版公司的版本翻译而成。

关于丛书的影响：（一）多语种出版，全欧美畅销。桑顿·W.伯吉斯生前及去世后，其作品被翻译成德语、法语、意大利语、西班牙语、瑞典语、盖尔语等十多个语种，据说，总销量已经超过一亿册。（二）桑顿·W.伯吉斯的作品中的主角"兔子彼得"（由哈里森·卡迪创作）与比阿特丽克斯·波特创作的"彼得兔"一争高下。桑顿·W.伯吉斯说："比阿特丽克斯·波特创作的'彼得兔'形象名扬全世界，而我和哈里森·卡迪创作的'兔子彼得'同样深入人心。"（三）自然广播联盟近五十年大力推荐，美国三十个州数千万人受益匪浅。从1912年开始，桑顿·W.伯吉斯通过自然广播联盟播出他的动物小说，美国三十个州数千万人收听，深受父母和老师们好评。（四）推进动物小说在美国的普及，桑顿·W.伯吉斯荣膺"世界三大动物小说大师之一"的美誉。五十年辛苦不寻常，他的"温情"动物小说与世界另外两位动物小说大师西顿和贝雷的作品分庭抗礼，不分伯仲。（五）促进了环保理念在美国上下的普及。《迁徙性野生动物保护法》诞生，桑顿·W. 伯吉斯功不可没。以保护土壤为目标的"格林森林俱乐部"（The Green Meadow Club）和以保护野生动物为目标的"睡前故事俱乐部"（The Bedtime Stories Club）的成立，离不开桑顿·W. 伯吉斯的努力。（六）荣获波士顿科学博物馆（Museum of Science, Boston）金奖和永久性野生动物保护（Permanent Wildlife Protection Fund）特殊贡献奖两项大奖。

关于译者：本书译者为西安科技大学李黎老师与王立言老师、兰州交通大学的王宝老师与赵娟丽老师、陇东学院的韩晓老师以及资深翻译王清老师。其中，李黎老师翻译了《快乐的松鼠杰克》《兔子彼得夫人》，赵娟丽老师翻译了《水貂比利》《麝鼠杰里在微笑池塘》《长腿苍鹭》，王宝老师翻译了《乌鸦布雷奇》《大熊巴斯特的双胞胎》《森林鼠怀特富特》《鹿莱特富特》，王立言老师翻译了《猎犬鲍泽》，韩晓老师翻译了《小水獭乔》，王清老师翻译了《狐狸奶奶》……各位老师治学严谨，译笔优美，为确保本书的质量奉献良多。在此，深表敬意。

尽管出版前我们做了许多工作，然而不足之处实难避免，欢迎读者朋友们批评指正。

目录

第一章 惊天大发现……002

第二章 冬天里的两枚蛋……008

第三章 准备在太阳最耀眼时去偷蛋……018

第四章 乌鸦布雷奇的亲戚们齐上阵……024

第五章 猫头鹰胡提引走了乌鸦们……032

第六章 折腾胡提太太……038

第七章 猫头鹰胡提回来了……044

第八章 乌鸦布雷奇用心险恶……052

第九章 农夫布朗的儿子……058

第十章 农夫布朗的儿子掏鸟蛋……064

第十一章 激烈的心理斗争……070

第十二章 乌鸦布雷奇的良心发现……076

第十三章 要是人类都像农夫布朗的儿子该多好……082

第十四章 这个冬天特别冷……090

第十五章 证据确凿了……096

第十六章 往水里撒玉米的人……102

第十七章 野鸭的羽毛……108

第十八章 野鸭吃掉了"危险"的玉米……114

第十九章 野鸭达西奇误解了乌鸦布雷奇的好意……120

第二十章 猎人要动真格儿的了……128

第二十一章 乌鸦布雷奇搅了猎人的好事……134

第二十二章 乌鸦布雷奇叫来农夫布朗的儿子……140

第二十三章 农夫布朗的儿子要救野鸭……146

第二十四章 农夫布朗的儿子开枪了……152

第二十五章 为什么猎人没有捕到野鸭……158

第二十六章 猎人放弃了……164

第二十七章 原来开空枪是为了救野鸭……170

第二十八章 乌鸦布雷奇发现了鸡蛋……176

第二十九章 乌鸦布雷奇给自己打气……182

第三十章 一个不听话的鸡蛋……188

第三十一章 乌鸦布雷奇拿偷来的鸡蛋干了些什么……194

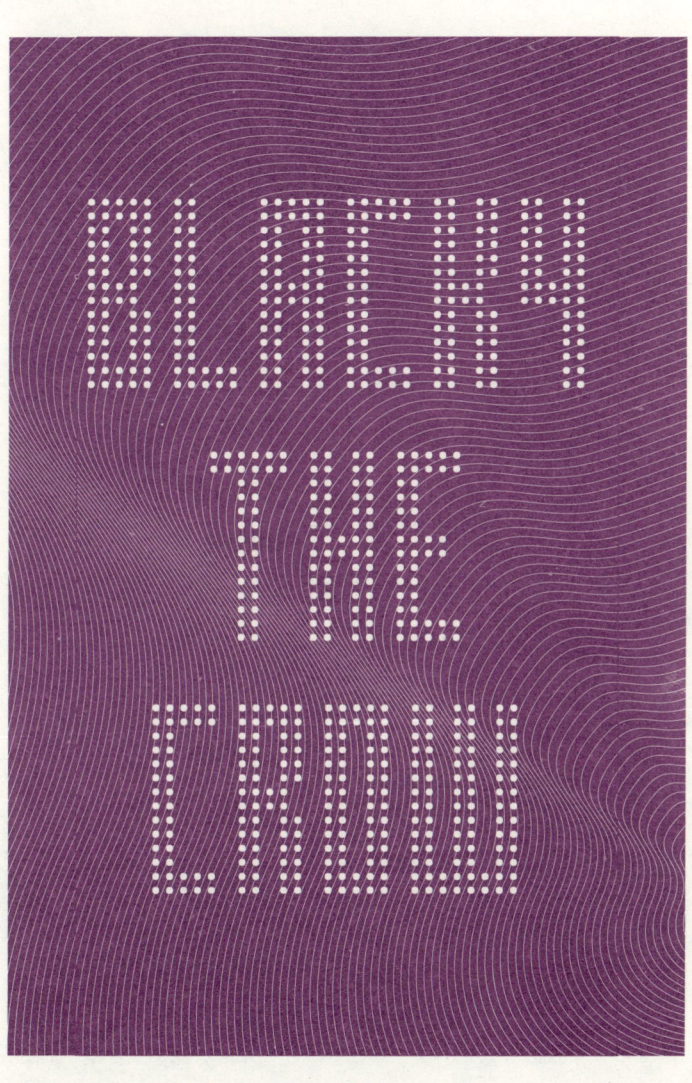

第一章
惊天大发现

如果那是一枚鸟蛋,
你拿什么我都不换。

乌鸦布雷奇对那些跟他没有半点儿关系的事情特别感兴趣。因为这个习惯，他老是招惹上许多本来可以避免的麻烦。他这一点倒是和他的表弟松鸦塞米很像，他俩都喜欢四下里寻找那些与他们毫无关系的东西。其实，如果他们没有碰见那些东西的话，结果可能会更好。

乌鸦布雷奇发现，当白雪覆盖格林牧场与格林森林的时候，当大河和微笑池塘结冰的时候，抓到一只活物变得困难起来。但为了填饱肚子，他不得不睁大锐利的眼睛，搜寻每个角落；只要咽得下，他什么都吃。晚上，他飞回格林森林，与家人一起休息。

乌鸦布雷奇非常希望有人陪伴，尤其是晚上。当快乐的、圆圆的、红彤彤的太阳公公开始想念紫山背后的床铺时，乌鸦布雷奇就会飞往格林森林的某个地方。他知道在那儿可以找到同伴。兔子彼得说，乌鸦布雷奇是因为良心不安才不敢一个人睡觉的。而快乐的松鼠杰克却说，乌鸦布雷奇压根儿就没有良心。虽然他们两人并不是真的知道什么，但你愿意相信谁的话就相信谁的话吧。

刚才说过，乌鸦布雷奇每年这个时候都喜欢四处游荡。有时，为了寻找食物，他会去很偏僻的地方。冬末的一天，乌鸦布雷奇突发奇想，打算到格林森林一个很偏僻的角落去看看。很久很久以前，鹰雷德泰尔曾经住在那儿。不过乌鸦布雷奇很清楚，眼下鹰雷德泰尔肯定不在。秋天到来的时候，鹰雷德泰尔飞去南方了。要等哈哈溪解冻，再次流过格林牧场和格林森林时，他才会回来。

乌鸦布雷奇在树梢上空飞着，一身黑色羽毛，看上去就像树枝的颜色。他锐利的双眼不断往下看，试图找到有趣的东西。此时，他看见了前方鹰雷德泰尔的家。他太了解这个地方了。以前，鹰雷德泰尔不在的时候，他曾来探访过，以后可能还会再来——不知道鹰雷德泰尔的家里到底有些什么。乌鸦布雷奇非常清楚，鹰雷德泰尔此刻正在几百千米之外，所以没什么好害怕的。不过，乌鸦布雷奇很早以前就明白，百分之百的安全根本不存在。他并没有直接飞向鹰雷德泰尔家，而是先在树周围转着圈飞；这样他就可以居高临下地好好看个清楚。

突然，他瞧见了一样东西。他喘了口气，眨了眨眼。这个东西又大又白，很像……很像一枚蛋！是不是很奇怪，为什么乌鸦布雷奇又要喘气又要眨眼呢？北风先生和冰霜杰克两兄弟毫无预兆就回到了遥远的北方，地面上到处都是白茫茫的雪。谁会在这样的时节下蛋呢？乌鸦布雷奇飞上一棵高高的松树，站在树梢上思考起来。"那一定是隆起的雪块，"乌鸦布雷奇心想，"但我知道蛋长什么样子，这个真的很像很像。嗯……蛋是多么美味呀！"

大家都知道，乌鸦布雷奇一向对蛋没有抵抗力。他越是想着这枚蛋，越是觉得饥饿难耐。有好几次，他几乎下定决心飞过去看个究竟，但他还是没敢过去。如果那真是一枚蛋，也一定是属于某个人的，而且最好能弄清楚到底是谁的。突然，乌鸦布雷奇晃晃身子说："我一定是在做梦，这是不可能的。这个季节是不会有人下蛋的。我得离开了，我要忘了这事。"

于是，他飞走了。可他脑子里整天都在想这件事，根本无法忘记。晚上临睡前，他决定再去那个地方看看。

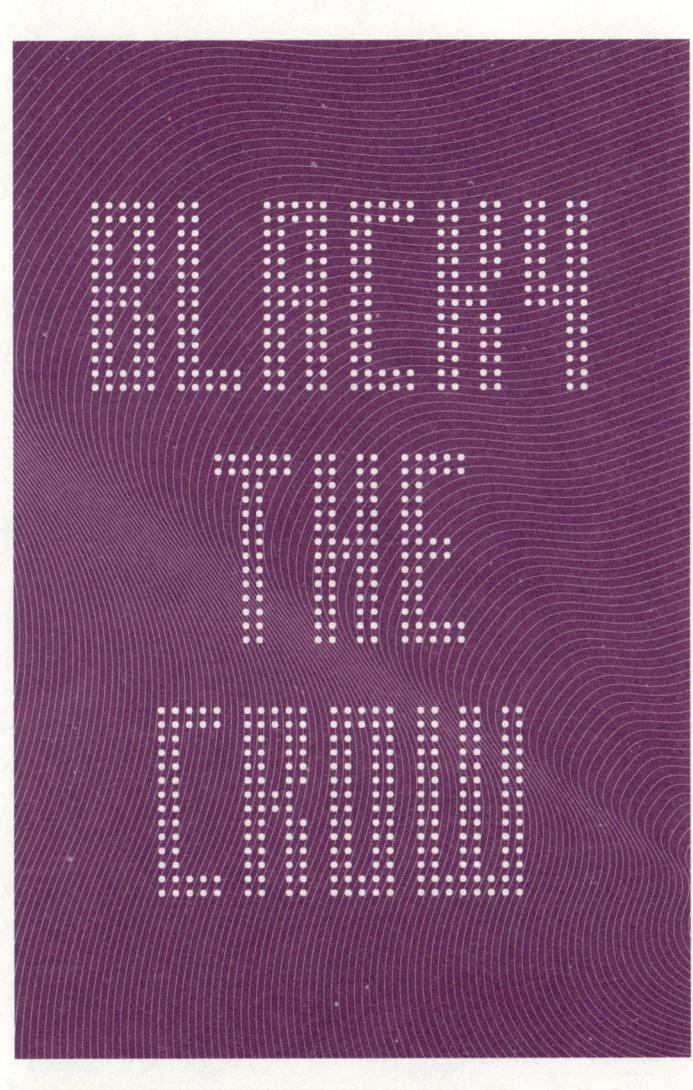

第二章
冬天里的两枚蛋

呱呱——呱呱——我好高兴,
我看见的是一个新下的白蛋

"呱呱——呱呱——我好高兴呀,我看见的是一枚新下的蛋。"

松鸦塞米来的时候,刚好听到乌鸦布雷奇呓语。

松鸦塞米问道:"你在说什么?"

乌鸦布雷奇惺忪着眼回答道:"噢,没什么,表弟,真的没什么,我只是自己说些胡话。"

松鸦塞米狠狠地盯着他问道:"你没有哪里不舒服,对吧,乌鸦布雷奇表兄?现在到处冰天雪地的,你刚才却说什么新下的蛋。这不对劲儿啊,有谁听说过这个季节还有新下的蛋?"

乌鸦布雷奇回答道:"我想,没人听说过。我给你说了，我只是在说胡话。你想啊，我肚子很饿，如果我能要什么就有什么的话，我会要什么呢？于是，我想到了蛋，而且我还想，如果我面前突然出现一枚特别大的蛋，那该多好啊。我想我一定是说了些什么吧。"

松鸦塞米说："我猜你刚才一定说过什么。现在不是下蛋的时节，不过这个时节也不会持续太久了。还是听我的，别做白日梦。我打算去农夫布朗的玉米仓。也许玉米没有蛋美味，但也还不错，用来填饱肚子再好不过了。一起去吧。"

乌鸦布雷奇回答道："谢谢，今天不去了，改天吧。"

看着松鸦塞米消失在树林中，乌鸦布雷奇飞上最高的松树梢，观察附近有没有动静。确定四下无人后，他张开翅膀，飞向格林森林深处最偏僻的角落。

"我真笨，我知道我就是个笨蛋，"他嘀咕着，

"我只想再去看看鹰雷德泰尔家罢了。我没法不想这事。我昨天看见的确实是一枚又大又白的蛋。再说了,去看看又不会怎么样。"

他直接向鹰雷德泰尔破旧的家飞去。快要接近时,他又往高处飞去。乌鸦布雷奇非常精明,也非常狡猾,他不想冒任何风险。这不是因为那地方有什么危险,而是因为他完全无法判断有没有危险。三思而后行才是聪明的做法。飞过树梢时,他急不可耐地往下望去。想象一下,如果他看到那里有两个像蛋一样的白色东西,而不是一个时,他会怎么样!昨天明明只看见一个,现在竟然有两个了!乌鸦布雷奇认定,那真的是蛋。

乌鸦布雷奇继续飞着。不知道为什么,他不敢停下来。他兴奋不已,没法冷静地思考。他得找时间好好想想。能产下这么大的蛋,那家伙一定很高大。对于这一点,他非常确定,那家伙绝对要比自己大很多。

他不想招惹麻烦,哪怕是为了美味的蛋。首先,他必须把蛋的主人找出来,然后再确定下一步做什么。他确信没有其他人知道这两枚蛋的存在,这两枚蛋也不会自己跑掉。所以,他一直飞呀飞,飞到高高的松树上后,才歇下来仔细思考。这里没有人打扰他。

"是蛋!"他咕哝道,"真的是蛋!是谁在大白天就钻进了鹰雷德泰尔家呢?而且他们在哈哈溪发出解冻信号前就下蛋是怎么回事?不明白,真是不明白。"

残破的鹰巢里有两枚又大又白的蛋,四周都被冰雪覆盖着。以前有人听说过这种事吗?乌鸦布雷奇咕哝道:"要不是亲眼看见,我是不会相信的。我相信眼见为实,要不然就什么也不能相信了。我现在就在这儿,这儿确确实实有两枚蛋。不管是谁下的蛋,这种时节就开始考虑家事,实在是太疯狂了。我得弄清楚是谁下的蛋,然后……"

乌鸦布雷奇继续想着。他眼中充满了欲望，要是有人看见他这副样子，一定会觉得他真的是太想要那两枚蛋了。不过，没有人看见他。他万分小心，确定没人发现自己后，又去了格林森林里那个偏僻的角落。

"首先，我得确定那两枚蛋还在。"乌鸦布雷奇一边想，一边在树梢上面飞着；这样一来，只要到了鹰雷德泰尔家所在的那棵树，他就可以发现情况。他装作没有特意寻找什么，只是向远处飞着的样子。如果蛋还在那儿，他就回来藏在附近的松树梢上，直到确信可以安全地偷来那两枚蛋，或者找出到底是谁下的蛋。

乌鸦布雷奇很激动，心跳得好快。那两枚蛋还在那儿吗？说不定有三枚呢！这个突然出现的想法让他不由得加快了速度。再挥动几下翅膀就到那棵树了，他多么想看到那几枚蛋呀！现在，就要看到了。一，二，三，乌鸦布雷奇紧紧咬住舌头，免得自己发出失望或者惊讶的呱呱声来。

可是,那里根本没有蛋的踪影。看不见蛋是因为——你觉得是为什么呢——因为一大堆羽毛严严实实地盖住了那两枚蛋。乌鸦布雷奇一眼就确定那堆羽毛其实是一只好大好大的鸟。那两枚蛋是她的。

乌鸦布雷奇没有按计划返回。他依旧飞着,就好像什么都没看见一样。飞着飞着,他想,如果昨天偷了那枚蛋并被当场抓住,他会是多么悲惨的下场。想到这儿,他不由得颤抖了一下。

"幸亏没有下手。"他喃喃说,"真可笑,我竟然没有猜到这是谁的蛋,我应该知道的。只有猫头鹰胡提才会想起在这个时节筑巢。刚才我看见的应该是胡提太太。我的天啊,她好大的个头儿啊!她比胡提还要大呢!幸亏我昨天没有去偷蛋。也许胡提夫妇都在附近,只不过他俩没弄出什么动静,我一定把他们看成了树枝。乌鸦布雷奇呀乌鸦布雷奇,赶紧忘掉这些蛋吧。"

有些事知道以后，最好还是忘记。玩火必自焚，不玩才安全。

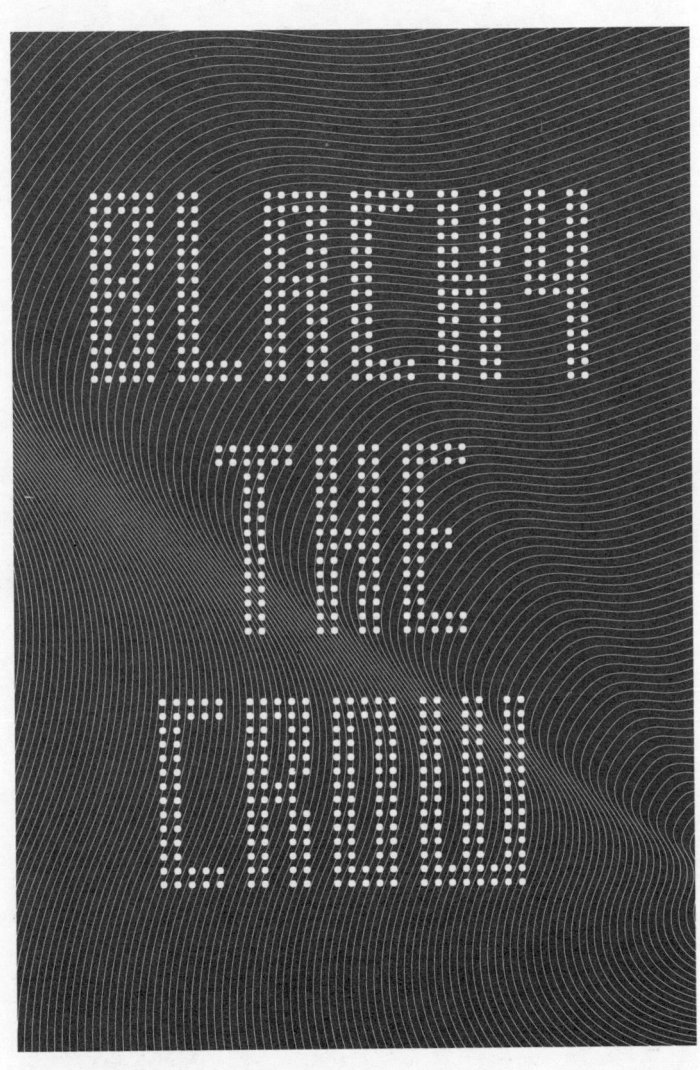

第三章
准备在太阳
最耀眼时去偷蛋

头脑聪明胜过
身强体健。

现在，乌鸦布雷奇已经知道，格林森林那个偏僻角落里的蛋属于猫头鹰胡提。他很快就做出了最妥当的决定：他要忘记关于这些蛋的事情，要忘记曾经见过的这些蛋，还要离格林森林的那个地方远一点儿。

乌鸦布雷奇可不是那种眼睁睁地看着自己陷入麻烦的傻瓜，他非常明智地决定忘记这一切。众所周知，做出决定是一回事，但怎么去做却是另外一回事。说要忘记非常容易，可要真正忘记却很难。春天或初夏，产蛋的鸟非常多，那个时候，聪明的人能找到并偷到鸟蛋。可现在是冬天（从没听说这个季节还有鸟下蛋），很难去找到蛋来填饱肚子。这些念头不断地闪现在乌鸦布雷奇脑海里，他就是没法忘记。没过多久，他就不再刻意去忘记了。

乌鸦布雷奇真够聪明的，他是会飞的小动物中最聪明的一个。没有人能像他那样搞了恶作剧还能不陷入麻烦，并全身而退。他善于使用装在脑子里的计谋。事实上，有些不怀好意的人说他成天都在谋划恶作剧。他越是想那些蛋，就越是想要得到它们。很快，他就开始制订计划，想要不付出什么代价就弄到那些蛋。

"我不能一个人做这件事，"他想，"可是，如果我告诉别人，我就得和他分享这些蛋。这样也不行，我想全留给自己。蛋是我发现的，理应都归我一个人。"他把这些蛋属于胡提夫妇的事实全然忘记了，或者是忽视了。"现在来想想，我该怎么做？"

他想呀想呀，慢慢地，脑子里有了个计划。他开心地叫了起来，叫得真的很大声。然后，他匆忙环视四周，看看是否有人听见了。确定没人听见，他于是又叫了起来。他把头侧向一旁，半眯着眼，好像他可以看见这个计划似的。他看得非常认真，然后又把头侧向另一旁。

"好吧，就这么办吧。"他最后说，"这样，我的亲戚也会很开心的。当然，他们也会因此感激我的。胡提夫妇也不会受到伤害，只不过会挨饿罢了。胡提夫妇都是坏脾气的人，坏脾气的人肚子饿的时候很容易忘事。我们会在太阳最耀眼的时候去拜访他们，因为那个时候他们看不清楚我们，也就抓不住我们。而且我们还会戏弄他们，引他们发脾气。他们一发脾气，就会忘记看护那些蛋。然后，我就溜进去偷一个，或许我能全部都偷走。有了蛋，我的亲朋好友就会帮我准备丰盛的大餐——虽然我也不知道那是怎么做的。天哪，多么美味的蛋啊！"

这真是个巧妙的计划。乌鸦布雷奇本来就是个非常聪明、满脑子计谋的捣蛋鬼。当然了，计划不一定能成功,但也没有必要太担心;事情一开始太顺利的话,最后往往很难成功。

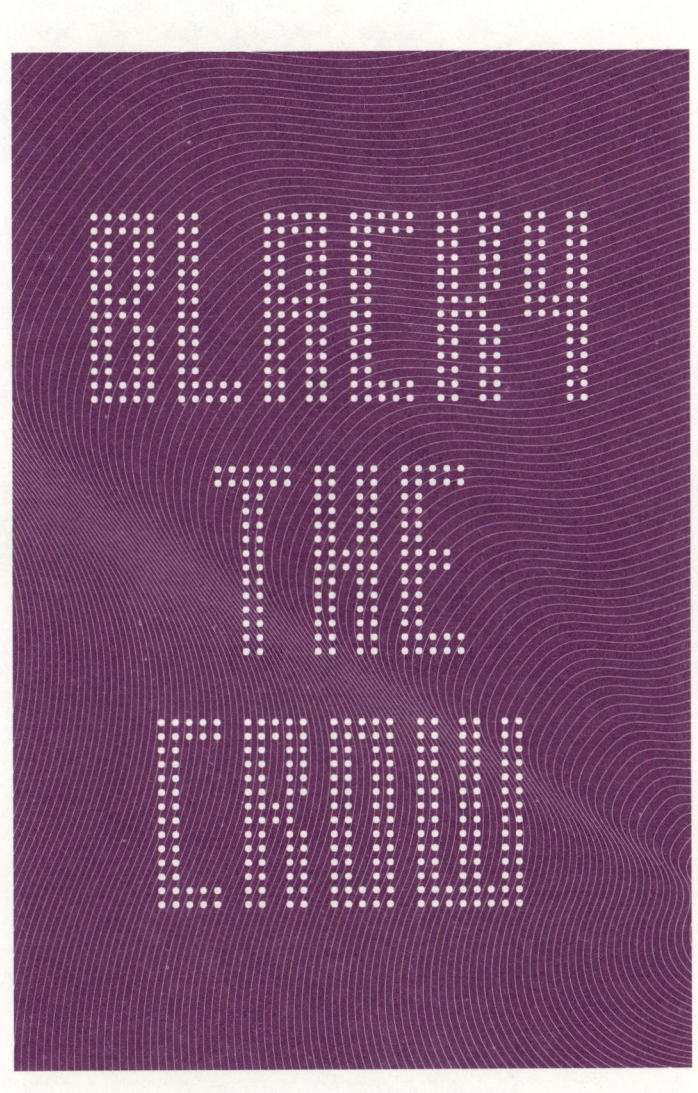

第四章
乌鸦布雷奇的亲戚们齐上阵

朋友多好办成事,
心眼多的不是好朋友。

乌鸦布雷奇"呱呱"大叫着,叫得下巴都要掉下来了。亲戚们匆忙赶往乌鸦布雷奇等他们的地方,大家都知道有人要搞恶作剧了。乌鸦家族时刻都为恶作剧做着准备。在这个特别的早晨,当听到乌鸦布雷奇从格林森林高高的松树上扯着喉咙叫喊时,他们就以最快的速度赶来了。他们兴高采烈地互相打着招呼,对他们来讲,这是去享受一段快乐的时光。

看见他们赶来,乌鸦布雷奇高声呼叫道:"快来!快来!呱呱呱!快点儿,再快点儿。我知道猫头鹰胡提在哪儿,我们要好好跟他玩玩。"

乌鸦布雷奇的亲戚们欢快地叫喊道:"呱呱呱,

呱呱呱！他在哪儿？带我们去吧。我们要把他赶出格林森林！"

于是，乌鸦布雷奇领着大伙儿向格林森林中猫头鹰胡提待的那棵树飞去。猫头鹰胡提正舒舒服服地睡觉呢。一大清早，乌鸦布雷奇就不辞辛劳、悄悄地确定了猫头鹰胡提的位置。他知道猫头鹰胡提在睡觉，还知道天黑前猫头鹰胡提会一直待在那里。大家知道，猫头鹰胡提的眼睛在大白天不怎么管用，而且天越亮，眼睛就越不舒服。所以乌鸦布雷奇选择天最亮的时候召来亲戚们，一起去纠缠可怜的猫头鹰胡提先生。快乐的、圆圆的、红彤彤的太阳公公正使劲地挥洒着他的热量，地上的白雪反射出格外亮的光，就连乌鸦布雷奇也不得不连连眨眼。他知道，在这样的天气，猫头鹰胡提很难发现他。

但有一件事，乌鸦布雷奇一直都小心翼翼，没敢说出口，甚至都没有暗示同伴们——胡提太太就在附近。胡提太太身材更高大，比胡提还要凶猛。乌鸦布雷奇可不想她吓坏他胆小的亲戚们。他心里最大的希望就是，当同伴们弄出动静、吵吵嚷嚷、戏耍纠缠猫头鹰胡提的时候，胡提太太会大发脾气，和胡提一起驱赶那群乌鸦。趁这个机会，乌鸦布雷奇就悄悄地靠近疏于防范的鹰巢，偷走一个或全部的蛋。

乌鸦们靠近猫头鹰胡提后，胡提眨了眨黄色的大眼睛，张开全身的羽毛，让自己的身材看上去有原来的两倍大。这是他发怒时经常做出的样子（胡提所在的位置与鹰巢之间还隔着几棵树）。当然，他已经听到吵闹的乌鸦正飞过来，而且很清楚那些乌鸦要干什么。乌鸦们看见猫头鹰胡提，开始声嘶力竭地喊着他的名字。其中最大胆的一只冲向胡提，恨不得用嘴啄下胡提的一撮羽毛来。不过，乌鸦们十分小心，绝不靠得太近。猫头鹰胡提发出嘶嘶的声响，大嘴巴一开一合，那模样真吓人。乌鸦布雷奇很清楚，胡提凶残的双爪无论逮到他们中的哪一个，那个被逮到的小命就完了。

　　因此，在猫头鹰胡提的攻击范围外飞行，乌鸦们才觉得放心。他们责骂他，朝他吼叫，让他心里难受。乌鸦们忙得不可开交，没人发现乌鸦布雷奇并未加入这有趣的行动，也没人注意到那个残破的鹰巢离他们只有几棵树的距离。此时，乌鸦布雷奇的计划进行得很顺利，正如他所希望的那样。

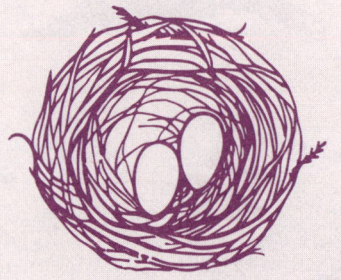

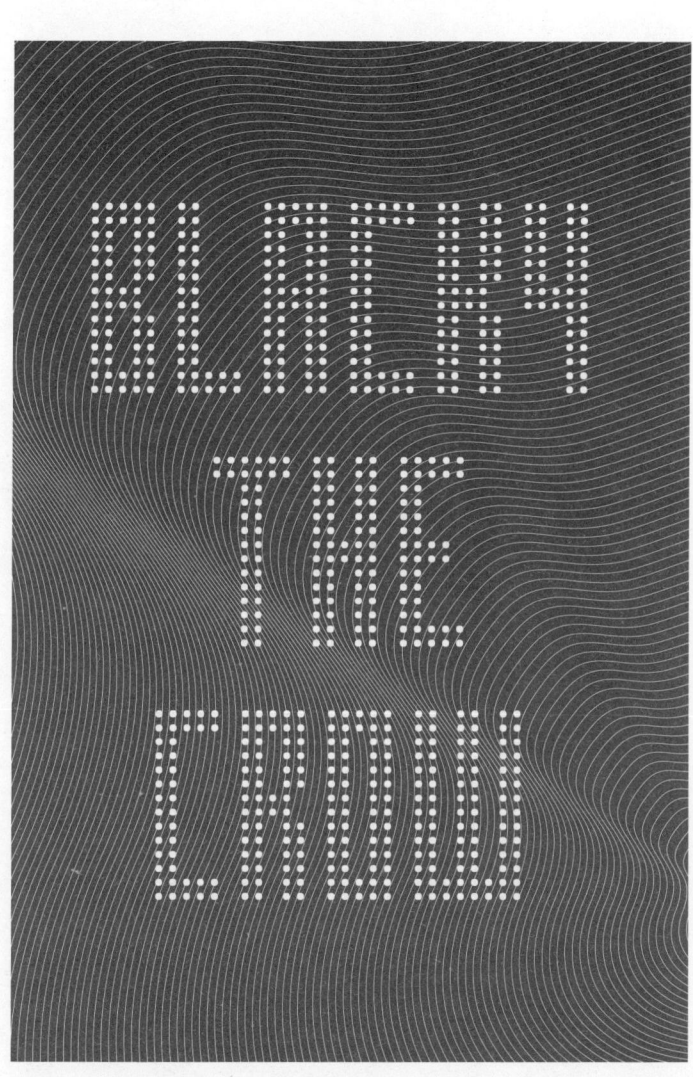

第五章
猫头鹰胡提引走了乌鸦们

不要觉得别人都是傻瓜,
其实你才是最傻的。

如果乌鸦布雷奇没有对自己说过这番话，那他一定这么想过。他知道，他已经想出了一个完美的计划，这个计划能让他搞到猫头鹰胡提的蛋。格林森林甚至格林牧场里没人能想出这样完美的计划。这个计划只有一个缺陷，那就是必须指望猫头鹰胡提像往常一样，在受够乌鸦的吵闹、纠缠后飞走，否则这个计划必定以失败告终。

有时，乌鸦布雷奇也会聪明反被聪明误。他认为自己脑子灵光，而别人都是蠢货。这说明无论他自己有多聪明，他也不像他自认为的那么聪明。他一直觉得猫头鹰胡提是个笨蛋。白天，乌鸦布雷奇常这么想。

可是到了晚上，当猫头鹰胡提因为饥饿发出凶戾的叫声惊醒他时，他就不觉得胡提愚蠢了。所以，在夜里，他从来都是静静地待着，以免被听觉灵敏的胡提听见，或者被胡提那双专门在黑夜里看东西的眼睛发现。是的，在夜间，乌鸦布雷奇根本不敢认为胡提愚蠢。

不过，在白天，乌鸦布雷奇还是很有把握的。他没有忘记一个事实：白天对于猫头鹰胡提就如同黑夜对于他自己。所以，胡提静静地坐着，发出嘶嘶的声响。当胡提的大嘴啪啦啪啦碰出声响，乌鸦们想方设法戏弄胡提的时候，乌鸦布雷奇却没有飞走。他确信猫头鹰胡提这个他心目中的蠢货只会待在原地不动。他希望胡提太太发脾气，离开她坐在身下的那两枚蛋，去帮助胡提驱赶吵闹的乌鸦。

可是，猫头鹰胡提并不笨，一点儿都不。他发觉乌鸦布雷奇和他们的亲戚们时，立刻想到了附近的胡提太太和那两枚珍贵的蛋。"太太一定不能受到打扰。"

猫头鹰胡提心想,"这事根本不应该发生。我必须把这群闹事者引开,不让他们发现我的太太。我一定可以做到。"

于是,他展开宽大的翅膀,跌跌撞撞地穿过树林,离开了。他并没有飞得太远。他飞起来的时候,只有那群吵闹的乌鸦跟在后面,但乌鸦布雷奇不在其中。胡提飞行时不能使用爪子和喙,所以乌鸦们都无所顾忌地扯着他背后的羽毛。胡提只是离开了一点点距离,停在了一棵茂密的铁杉树上。在这里,乌鸦们不容易靠近他,这里的阳光也不会伤害他的眼睛。他歇了几分钟后,又开始重复做同样的事。他打算把这群烦人的乌鸦带到森林最黑暗的地方,那里他可以看得更清楚,谁也不会贸然靠近他的攻击范围。猫头鹰胡提一点儿都不笨,真的一点儿都不笨。

乌鸦布雷奇坐在高高的松树梢上,看到了事情的整个经过。他看见胡提太太还待在鹰巢里。那群吵闹的乌鸦渐渐远去后,胡提太太睡得更安稳了,还闭紧了双眼。在乌鸦布雷奇看来,胡提太太仿佛正在冲着自己微笑。很明显,胡提太太没有打算去帮助胡提。乌鸦布雷奇的完美计划之所以失败,都是因为愚蠢的胡提变聪明了。胡提本应该一直待着不动,但这次他却飞走了。这真是让人相当郁闷。

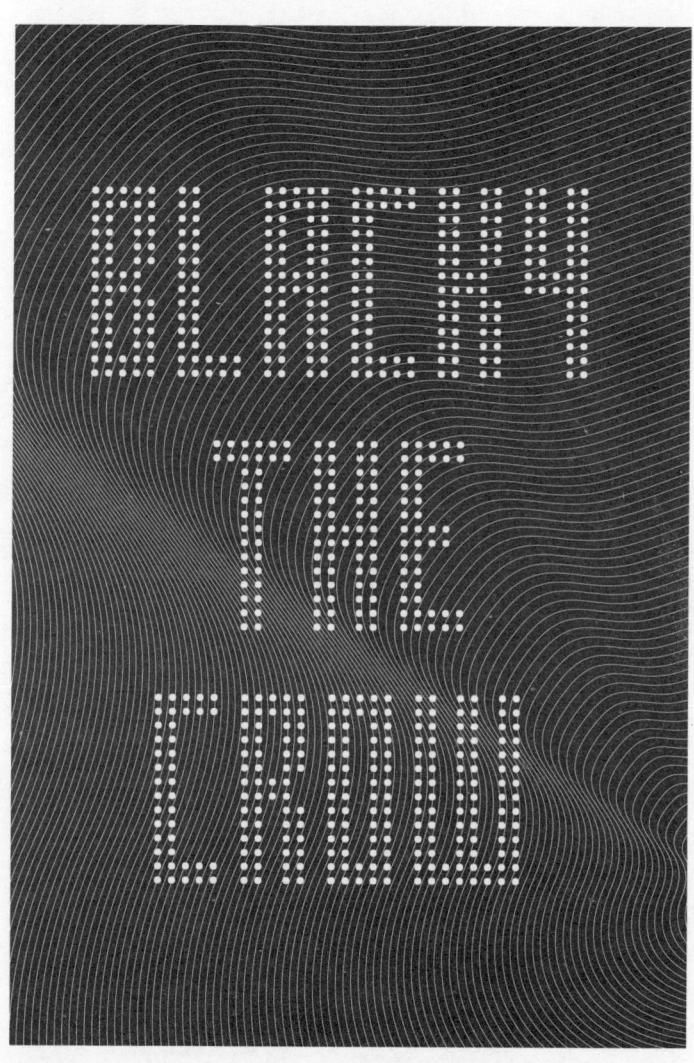

第六章
折腾胡提太太

一个计划失败了,
那就试试其他的。

成功的人不会因为第一次尝试失败就放弃目标。一个计划失败，他们会立刻开始盘算别的计划，再试一次。如果他们做的是好事，那么迟早会成功。但如果他们做的是坏事，那很有可能所有的计划都会失败。理应如此！

乌鸦布雷奇明白再次尝试的意义。他不会轻易泄气的。他搞过太多的恶作剧，有时他的锲而不舍反倒令人厌烦。事实上，他压根儿没有泄气。到他再也想不出新计划，不得不放弃之前，他会一直尝试。邀请亲朋好友加入折磨猫头鹰胡提的队伍时，他认为他想出了一个一定能成功的计划。他非常肯定，胡提太太会离开鹰巢帮助胡提驱赶骚扰者,可是,胡提太太没有这么做。胡提太太很聪明,也很有心计。她知道胡提把这群乌鸦引开远离鹰巢,引到了格林森林中最暗的地方。在那里,乌鸦的吵闹声不会打扰到她。于是,胡提太太放心地安坐在蛋上面。乌鸦布雷奇本来以为有机会偷走蛋,但现在他的完美计划彻底泡汤了。

乌鸦布雷奇的亲戚朋友们都没有注意到鹰巢,他们忙着戏弄猫头鹰胡提,脱不开身。这正是乌鸦布雷奇所希望的。他根本不想让他们知道鹰巢的存在。他很自私,想把蛋独吞。现在他明白了,把胡提太太引开只有一个办法,那就是戏弄她,让她发怒,然后去追击骚扰她的乌鸦。如果那样,乌鸦布雷奇才有机会溜进去,偷出至少一枚蛋。他要试试。

几分钟后,亲戚朋友们的声音越来越远、越来越弱了。猫头鹰胡提正带着他们飞向格林森林深处。乌鸦布雷奇张开嘴巴大叫起来:"呱呱呱呱!呱呱呱呱!

回来，伙伴们！胡提太太坐在巢里呢！呱呱呱呱！"

乌鸦布雷奇的亲戚朋友一听到叫喊声，立刻停止追赶猫头鹰胡提，并以最快的速度往回飞。他们并不喜欢跟着猫头鹰胡提飞到格林森林最黑暗的地方，而且，他们很想看看鹰巢。于是，他们开始往回飞，还尽情呼喊着。有些乌鸦从来没有见过胡提的家，而且认为戏弄胡提太太和戏弄胡提一样乐趣无穷。

"那东西在哪里？"他们大声喊道，飞回了乌鸦布雷奇所在的地方。

乌鸦布雷奇看上去非常兴奋。

"怎么回事？"有只乌鸦问，"那是鹰雷德泰尔的家吧。我可是很了解那个地方的。"随后，他看着乌鸦布雷奇，以为乌鸦布雷奇在开玩笑。

乌鸦布雷奇反驳道："以前是鹰雷德泰尔的，不过现在是胡提的。如果不相信，那你自己看看。"

他们立刻飞到那棵树上，在那里可以居高临下看到鹰巢。他们非常肯定,胡提太太又大又圆的黄眼睛正愤怒地盯着他们。乌鸦们很快忘了猫头鹰胡提,又开始聒噪,简直要吵死了!乌鸦们折腾着胡提太太,而乌鸦布雷奇却在一旁安静地观察,等着胡提太太发脾气,等着她追击那些捣蛋鬼。他很想弄到一枚蛋。

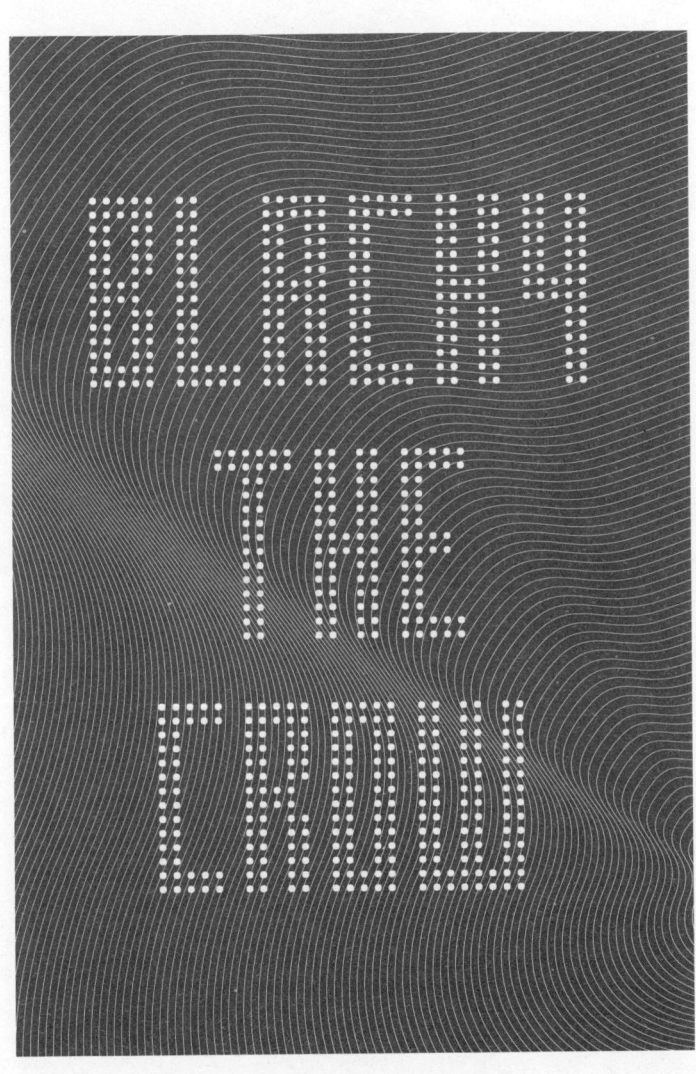

第七章
猫头鹰胡提回来了

把好心情建立在别人的痛苦之上,
这是不光彩的事情。

没人能离开别人独自生活。很多人都觉得他们可以，但他们错了。他们犯了这世上最大的错误之一。每个微小的举动，不管是什么，都会影响别人，这是大自然母亲制定的一条强大的规则。这条规则对格林森林和格林牧场中的每个动物和人，不论男女老少，都是适用的。通过这种方式，大自然母亲让每个动物和人都要为别人负责，让大家相互帮助。

乌鸦布雷奇嚷嚷着，叫他的亲戚朋友们都去胡提太太所在的鹰巢时，乌鸦们不再折腾胡提了，把他独自留在了格林森林最黑暗的那片茂密的铁杉林里。当然，猫头鹰胡提很乐意待在那儿，他能在那里舒舒服服地过一天，但他没有这么干。刚开始，他还长长地舒了口气，打算就待在那儿。听见乌鸦们的吵闹声越来越弱，他特别高兴，不过也就高兴了几分钟。

吵闹声逐渐又大了起来，并且都是从一个地方传来的。猫头鹰胡提知道乌鸦们已经找到了那个鹰巢，这会儿正在像折腾他那样折腾胡提太太。他非常生气，紧紧地咬住大喙，"我想，太太一定可以保护好自己，可是她坐在蛋上，不可以被打扰。真讨厌要飞回去，太阳那么大，会伤害我的眼睛的。我真的是不乐意，但我想我必须回去，太太需要我的帮助。我真的情愿待在这儿，可是……"

猫头鹰胡提没有再想下去，他扇动宽大的翅膀，向鹰巢飞去。他的大翅膀没有发出一点儿响声，猫头鹰天生就是飞行时不发出声音的。胡提自言自语道："要是我这会儿能抓到乌鸦就好了！要是我抓到一只乌鸦的话，我就……"他的话没有说完，不过看他的样子,你一定能猜到他想说什么。

这会儿,乌鸦们正在戏弄胡提太太。建立在他人痛苦之上的快乐并不是真正的快乐。不知怎么的,这么大一群乌鸦似乎都忘记了这一点。乌鸦布雷奇在一旁看着,而他的亲戚和朋友们吵嚷着围在胡提太太的四周。胡提太太越来越愤怒,乌鸦们的叫声越来越大。他们冲着胡提太太的脸叫喊着她的名字,假装要攻击她。乌鸦布雷奇在一旁专注地看着,一心盼着胡提太太离开鹰巢,给他偷蛋的机会。大家都没有注意到猫头鹰胡提飞回来了。

突然,猫头鹰胡提出现在离鹰巢很近的树上。没有人听到任何响声,但胡提确实在那儿出现了。猫头鹰胡提的爪子上还抓着乌鸦布雷奇某个亲戚或朋友的尾巴上的羽毛。幸运的是,胡提在阳光下看不清楚东西,那只乌鸦才得以逃脱。要不然,这世上就要少一只乌鸦了。

戏弄落单的猫头鹰和同时招惹两只这种大家伙根本不是一回事。那只乌鸦的尾羽纷纷落在白雪覆盖的地上，于是，乌鸦们决定结束这天的恶作剧。无论乌鸦布雷奇怎样阻止他们，他们还是大声呱叫着飞走了。乌鸦布雷奇是最后一个离开的，他很伤心——到底要怎样才能弄到蛋呢？

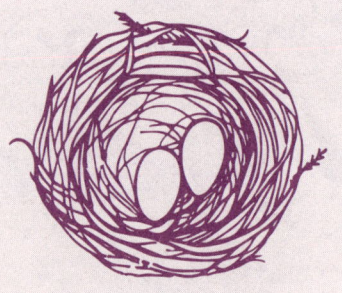

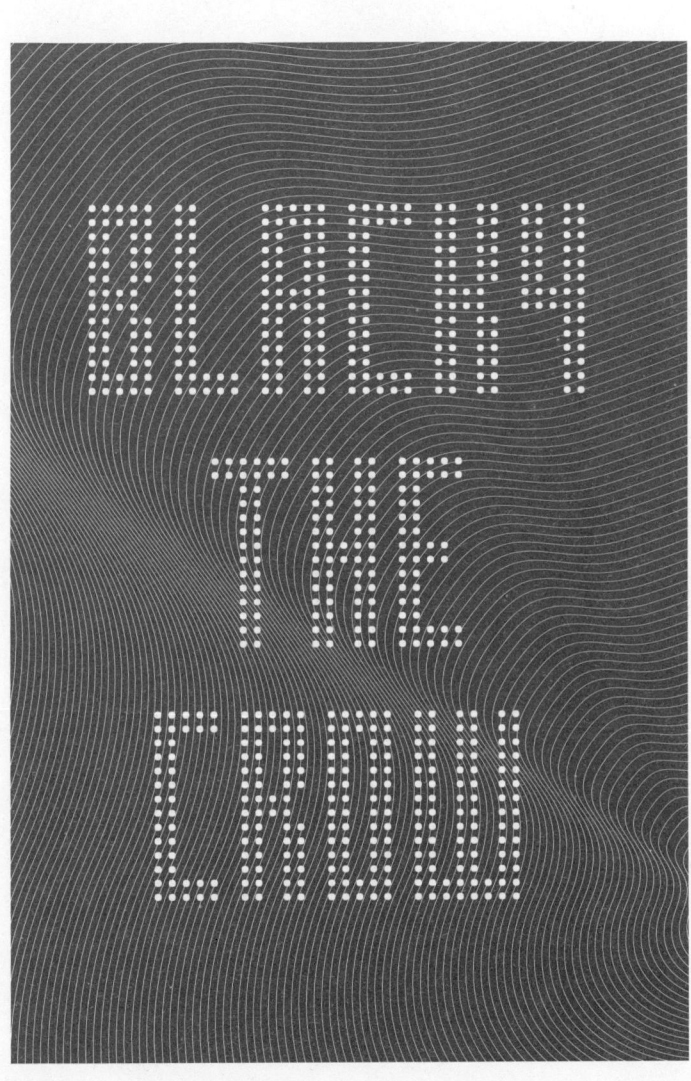

第八章
乌鸦布雷奇用心险恶

不管是对是错,
自己心里知道。

乌鸦布雷奇飞回自己的家，想了片刻，抱怨道："真是倒霉！现在所有的邻居都知道猫头鹰胡提的鹰巢了。他们迟早会发现那里面有蛋。不过，有一件事是肯定无疑的：如果我弄不到那些蛋，那谁也甭想得到。管你三姑六姨，谁都甭想弄到。我想尽办法了，可那两枚蛋还在那地方。天哪，我真的好想立刻弄到一枚啊！"

然后，乌鸦布雷奇做了一件垂头丧气的调皮鬼才会做的事——他开始责怪伙伴们，埋怨他们搞砸了计划。你要是听见他对自己说的话，你或许会真的以为那些蛋是他的，是猫头鹰胡提夫妇把他的蛋偷走了。

真的，如果你听到乌鸦布雷奇在树梢上的自言自语，你真的会这么认为。没有偷到蛋，他觉得很难过，他觉得他是最委屈的那个。猫头鹰胡提夫妇本来就应该让他弄到那些蛋的。

　　当然，这想法太愚蠢，但他就是这么认为的。至少，他要假装这么认为。他越是假装，就越是恼火。想要埋怨别人的人都是这个样子，他们会对埋怨的对象大发脾气。最后，乌鸦布雷奇只得承认他想不出别的办法了。很快，他在想有没有什么办法能给胡提夫妇制造些麻烦。乌鸦布雷奇合上双眼，想到了农夫布朗的儿子。他记得很久以前农夫布朗的儿子曾经抢过鹰巢里的蛋。乌鸦布雷奇曾见到农夫布朗的儿子从乌鸦和其他鸟儿的巢里拿走过蛋。至于农夫布朗的儿子拿那些蛋干了什么，乌鸦布雷奇不知道，也不关心。他猜，倘若农夫布朗的儿子碰巧发现了胡提的家，他一定会去抢蛋的。乌鸦布雷奇又思量，怎样才能把农夫布朗的儿子引到猫头鹰胡提家呢。乌鸦布雷奇确信，农夫布朗的儿子一旦到了那儿，就一定会看见那个鹰巢，并爬上去拿走蛋。既然乌鸦布雷奇自己得不到那些蛋，那最好让别人得到。

哦，天哪，多么可怕的想法啊！乌鸦布雷奇的心真如他的外套一样黑。最恶劣的是，他似乎对他的诡计感到非常满意。乌鸦布雷奇当然知道这些都是恶劣下作的诡计，但他努力为自己找了个借口，让自己心安。

"猫头鹰胡提就是个强盗，"乌鸦布雷奇说，"每个人都很怕他。他总是欺负别人。而且，据我所知，到目前为止，他没做过一件好事。他长那么大，性情一直很凶残，没人喜欢他。如果没有他，格林森林会更加美好。如果那些蛋孵出了小猫头鹰，小猫头鹰就会长成和他们父母一样凶残的庞然大物。所以，如果我把农夫布朗的儿子带来，让他拿走蛋，我就为邻居们做了件大好事。"

　　乌鸦布雷奇自言自语着,尽量压低声音,不断告诉自己做的没错。他的声音变得越来越微弱了。

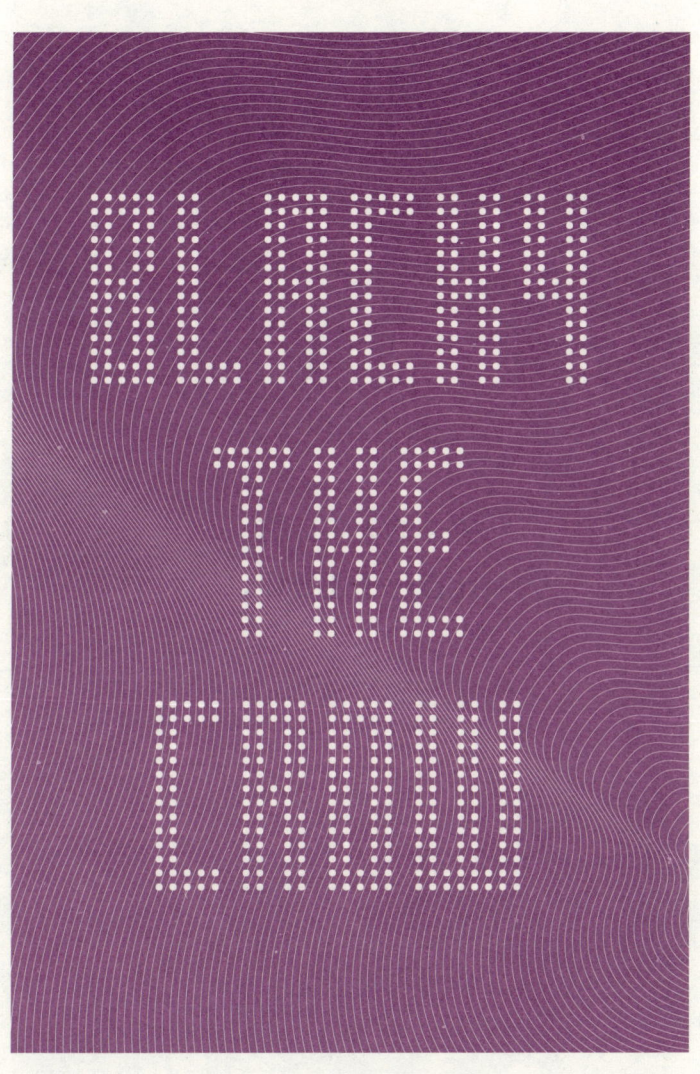

第九章
农夫布朗的儿子

唆使他人干坏事，
比自己干还要坏。

农夫布朗的儿子想去格林森林里看看，一来他实在没什么事可做，二来冬天快要结束了，他想去看看格林森林里是个什么情况，有没有春天到来的迹象。乌鸦布雷奇看见农夫布朗的儿子来了，高兴得叫了起来。这一个星期，他每天都在等着农夫布朗的儿子。现在，他要告诉农夫布朗的儿子关于猫头鹰胡提家的事。

乌鸦布雷奇飞到了格林森林里那个偏僻的角落，猫头鹰胡提夫妇就在那里。他扯开嗓子大声叫喊，装作看到了什么让人高兴得不得了的事情。"呱——呱！"乌鸦布雷奇大叫着。他的亲戚和朋友听到他的叫声，都匆忙赶来。亲戚朋友们知道乌鸦布雷奇在戏弄猫头鹰胡提，他们也想加入这个有趣的游戏。

农夫布朗的儿子当然也听见了。他停下脚步，仔细听着。"我想知道乌鸦布雷奇和他的朋友找到了什么好东西，"农夫布朗的儿子盘算着，"每次乌鸦们大喊大叫的时候，就一定有什么不一般东西。我要过去看看。"

于是，农夫布朗的儿子向格林森林那个偏僻的角落走去。他越靠近，脚步就越轻，这样才能不惊着乌鸦们看到的东西。农夫布朗的儿子知道，乌鸦们一看见他就会立刻飞走，这样一来，他们戏弄的对象也会警觉起来。

农夫布朗的儿子第一眼就看到了鹰雷德泰尔的家，他感到很不解，因为他看见乌鸦们正兴冲冲地往那里飞去。"那是鹰雷德泰尔的家，"他想，"去年春天我发现的。那儿有什么能让乌鸦们这么兴奋的？"

接着,农夫布朗的儿子看见了猫头鹰胡提,激动地说:"哈,是这样啊!那些乌鸦发现了胡提,还在没完没了地戏弄他。我要看看胡提在那里干什么。"

农夫布朗的儿子没有继续躲藏,而是径直走到了那棵树底下,眼睛一直向上看着。猫头鹰胡提看见了农夫布朗的儿子,没有飞走,大嘴一张一合,嘶嘶作响,就像之前对乌鸦们做的那样。农夫布朗的儿子心想:"有意思,如果我不知道这是鹰雷德泰尔的家,而且要不是冬天还没有结束,我肯定会以为这个巢是猫头鹰胡提的。"

农夫布朗的儿子绕着树转圈,抬头望着上面。他看到鹰巢边上露出来一条尾巴。突然,他开始行动。他找了根树棍,向那个尾巴扔去。树棍卡在了鹰巢底部。接着,一只大鸟飞了出来,是胡提太太!乌鸦布雷奇欢快地叫了起来。

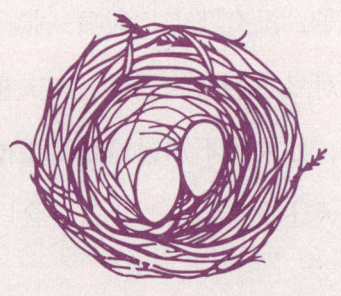

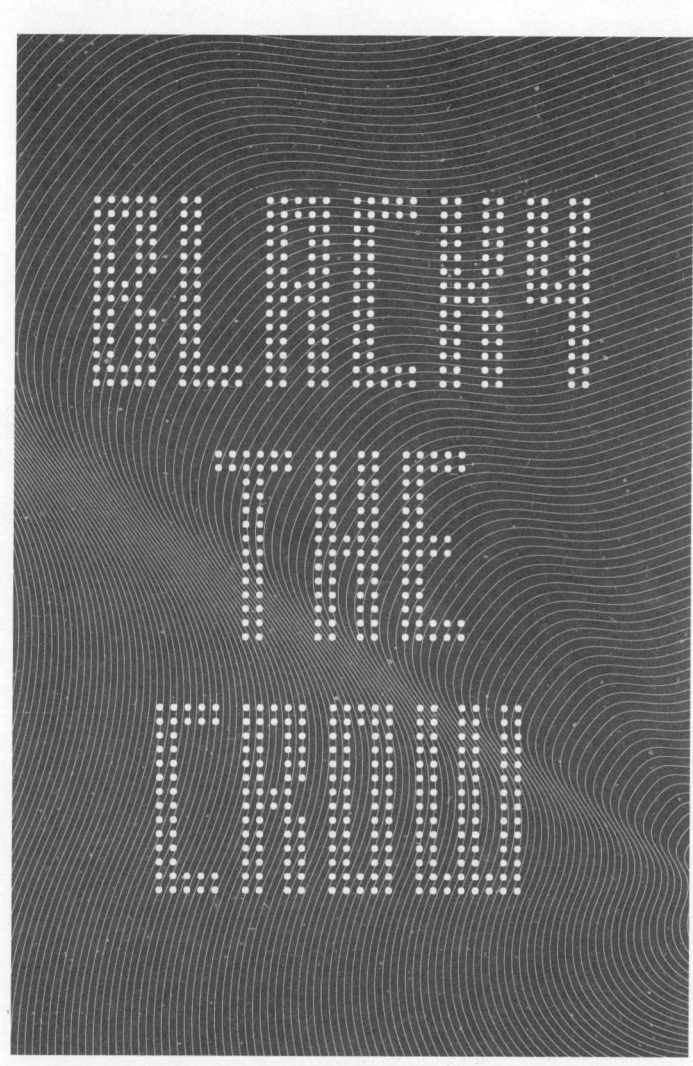

第十章
农夫布朗的儿子掏鸟蛋

防患未然很重要,
困难来了不烦恼。

如果有鸟坐在巢里,就表明巢里一定有什么好东西。这是鸟看家护院的姿势。农夫布朗的儿子看见胡提太太坐在鹰雷德泰尔的巢里,而且这个巢还位于格林森林最偏僻的角落,他当然明白那意味着什么。或许,应该说他知道那意味着什么。

那意味着鹰巢里有蛋!

可是,农夫布朗的儿子有点儿难以相信。因为春天还没有来呢!现在到处是雪,微笑池塘也还结着冰。谁听说过鸟类在这个时节筑巢下蛋?农夫布朗的儿子反正没有听说过。猫头鹰胡提和胡提太太产蛋后的行为习性,与其他鸟类的行为习性一样,都害怕发生意外。这真是令人不解呀。农夫布朗的儿子注视着鹰巢嘀咕道:"这个巢是鹰雷德泰尔弄的,都这么破了,还没有修好。如果胡提夫妇把这个巢当作自己的家,他们也太笨了。如果胡提太太在这个时节下蛋,她一定是疯掉了。我得想办法爬上去。尽管这看起来很愚蠢,但我仍然要爬上去看看。这两只猫头鹰的样子好像很担心什么东西,我要上去看看到底有什么。"

农夫布朗的儿子看着胡提夫妇,看着他们尖钩状的大嘴和锋利的爪,他决定随身带上一根粗木棒——他可不想让利爪给抓伤。找到合适的木棒后,农夫布朗的儿子爬上了树。胡提夫妇激动地喘着气,他们向农夫布朗的儿子靠了过来。农夫布朗的儿子一直紧盯着他们。两只猫头鹰体型庞大,性情凶猛,农夫布朗的儿子差点儿就要放弃了。不过,他还是决定去看看鹰巢里到底有什么东西。于是,他继续往上爬。农夫布朗的儿子离鹰巢越来越近了。胡提太太猛地朝农夫布朗的儿子扑过来。农夫布朗的儿子一边举着木棒，随时准备还击，一边继续往上爬。

鹰巢就是用几根树枝搭起来的，很简单。农夫布朗的儿子爬到鹰巢跟前时，看不见里面的东西。于是，他把手伸进去摸索着。突然，他摸到了让他觉得十分激动的东西。就是蛋，很大的蛋。这点毫无疑问。农夫布朗的儿子就像乌鸦布雷奇第一眼看到蛋的时候一样，觉得难以置信。农夫布朗的儿子用手把蛋拿出了鹰巢。胡提太太又猛地扑了过来，农夫布朗的儿子用木棍还击胡提太太的进攻，蛋差点儿从手中滑落。胡提夫妇渐渐泄了气，退到了旁边的树上，但依然气呼呼的。

农夫布朗的儿子看着手里的蛋，像是得了奖品似的。这枚蛋又大又白，就是有点儿脏。农夫布朗的儿子两眼放光，他已经有很多鸟蛋了，这枚蛋简直就是令人得意的奖品。这是他第一次弄到猫头鹰胡提的蛋。

胡提是他见过的最大的猫头鹰。

农夫布朗的儿子又把手伸进鹰巢,发现里面还有一枚蛋。

"我要两个都拿走,"他说,"这是我发现的胡提的第一个巢,可能我再也找不到其他的了。太好了,真高兴我爬上来看了,找到了那些乌鸦大喊大叫的原因。但我不知道能不能顺利地把蛋拿下树去。"

就在这一刻,他记起了一件事——他早就不再拿鸟蛋了。"但这次不一样,"心里的一个声音告诉农夫布朗的儿子,"这两个蛋看上去和那些会唱歌的小鸟的蛋不一样。"

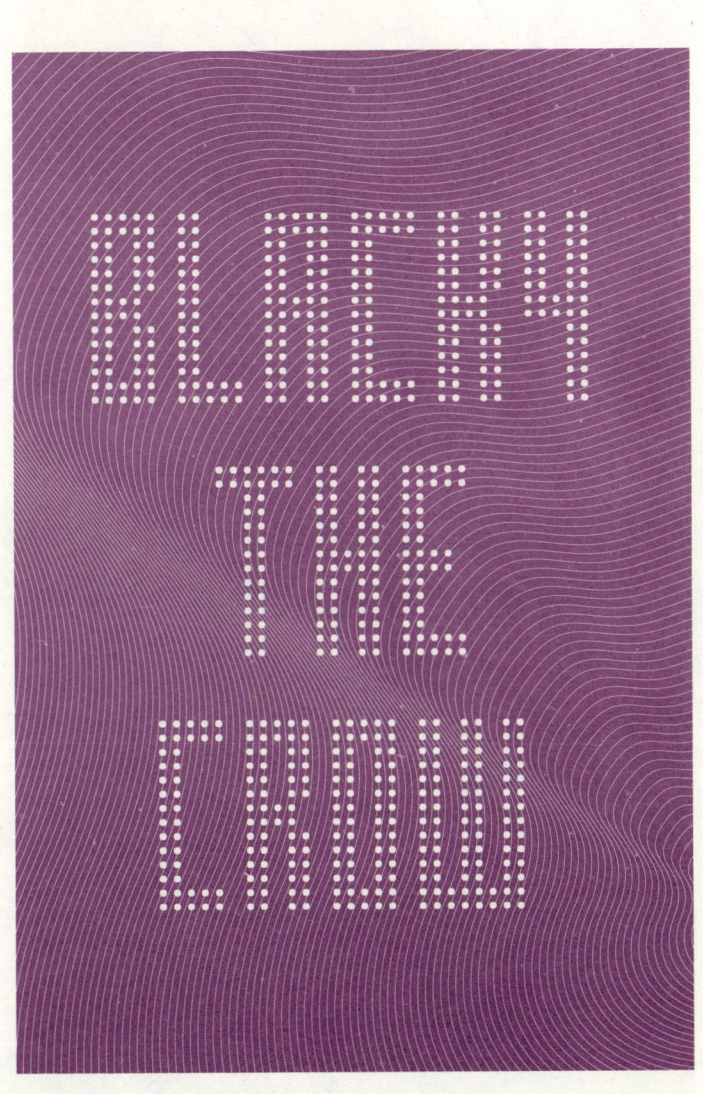

第十一章
激烈的心理斗争

黑就是黑,白就是白,
对就是对,错就是错。

世界上不存在半对半错的事情。要么对,要么错,就是如此。但大多数人在非常想做某件事的时候,尽管心底有微弱的声音告诉他这样做不对,他还是会做的。他们会试着折中妥协。妥协就是既不全做对的事也不全做错的事,而是两者都做。不过这与对错无关。一半做对肯定比不上全部做对,但一半做错就和全部做错一样恶劣。

在格林森林那个偏僻的角落,农夫布朗的儿子正在树上斗争,猫头鹰胡提的巢就在这棵树上。农夫布朗的儿子不是在和胡提夫妇斗争——他在和自己的内心做斗争。这是一场关乎对错的心理斗争。很久以前,他很享受收集鸟蛋的乐趣，他要看看能收集多少种鸟类的蛋。不过，在他对森林和牧场上的小动物们有了更深入的了解后，他知道拿走鸟蛋是大错特错的事情。后来，他再也没有偷过鸟蛋，并声称永远不会偷鸟蛋了。

可是，他以前没见过猫头鹰胡提的巢，这两枚大蛋对他的收藏来说很重要。

农夫布朗的儿子心里一个声音轻轻地说："拿走吧，胡提是个强盗。拿走这两枚蛋，对其他鸟儿来说算是做了件好事。"

但心里另外一个声音说："不能拿，虽然胡提是个强盗，但他在格林森林里应该有他的位置，不然的话，大自然母亲也不会让他待在那里。拿走他的蛋就和拿走其他鸟类的蛋一样，都是偷盗行为。胡提也有自己的权利。"

第一个声音说："拿一个，留一个。"

第二个声音说:"这与拿走两个蛋一样,都是偷盗行为。而且你这样做是违背自己的誓言的,你说过绝不再偷蛋了。"

第一个声音说:"我又没向别人发过誓,我只对自己说过。"

胡提夫妇还在旁边的树上。他们紧闭着大喙,呼息声更大了。

第二个声音说:"对自己发誓和对别人发誓是一样的。我可不想胡提骂你。"

第一个声音说:"想想,把这两枚精美的蛋放在你的收藏中多好啊。在没有见过猫头鹰胡提的伙伴面前炫耀是多么让人骄傲的事。"

"你每次看见这两枚蛋,都会觉得羞愧呀。"善意的声音说,"把蛋留在鹰巢里孵化,看着小猫头鹰长大,你会很快乐的。想想其他人还没有开始筑巢,胡提就在这个时节开始养家了,他多么勇敢。胡提太太要给这两枚蛋温度，孵化之后还要好好照看小猫头鹰，又是多么伟大。而且，对就是对，错就是错，一直都是如此。"

农夫布朗的儿子慢慢地爬回到鹰巢边，把蛋放了回去，然后下了树，回到地面。他又走远了一些，向上望去。胡提太太立即飞回巢里，坐在了蛋上面，胡提则在旁边守卫着。"我很高兴我没有拿走蛋，"农夫布朗的儿子说，"我真的很高兴我没拿。"

农夫布朗的儿子转身离开，打算回家。他看见乌鸦布雷奇飞过了格林森林，但他不知道自己破坏了乌鸦布雷奇的计划。

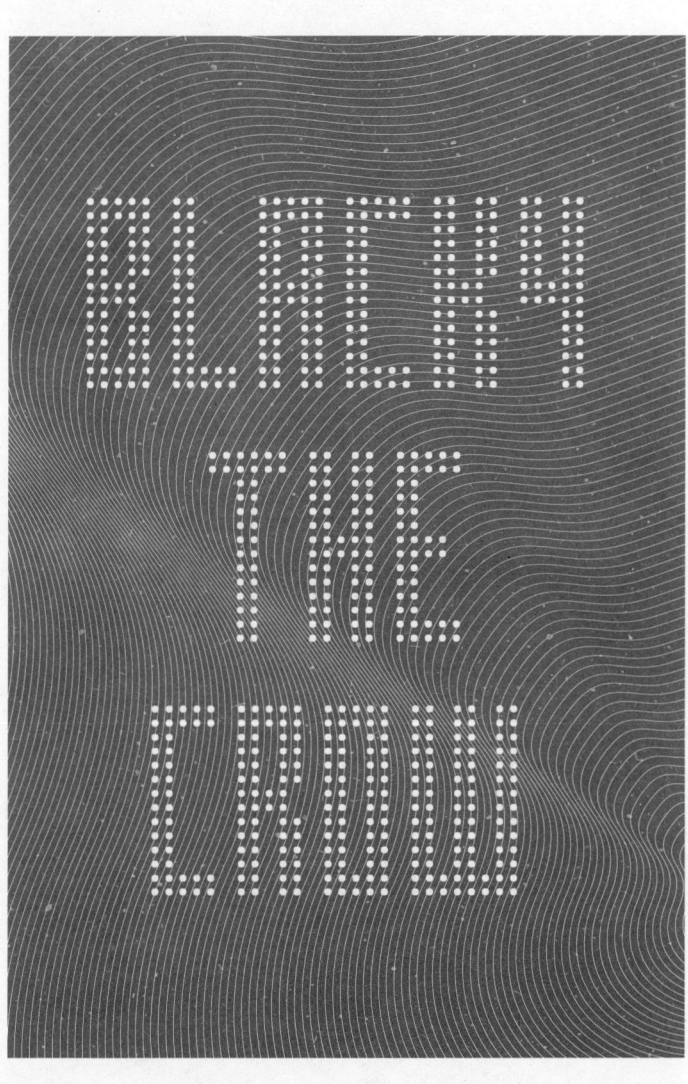

第十二章
乌鸦布雷奇的良心发现

只要认识到了错误,
认真改正就不晚。

乌鸦布雷奇并非外套和内心都是黑色的，的确不是这样。他的外套是黑色的，有时他的内心似乎也是黑色的，但不全是这样。当他一门心思想找猫头鹰胡提麻烦的时候，他的内心就全变成黑色的了。也许只有一颗黑色的心才能促使他费尽心机，只为偷取胡提夫妇的蛋。可是，这么说并不全对。乌鸦布雷奇偷蛋没什么错，他肚子饿，而那些蛋可以让他饱餐一顿。他知道，如果胡提有机会逮到他的话，一定会毫不犹豫地吃了他。所以，如果聪明过人的乌鸦布雷奇可以偷到猫头鹰胡提的蛋，这既是完全正确的，也是十分公平的。而且，格林森林和格林牧场里的大多数小动物也都这么认为。这也是大自然母亲制定的规则——每个人都必须学会保护自己。

当乌鸦布雷奇把农夫布朗的儿子引到猫头鹰胡提那里,并希望农夫布朗的儿子能偷到蛋的时候,他的内心是阴暗的。他所做的都是卑鄙至极的事。他只是为了给猫头鹰胡提找麻烦,从而报复胡提,但胡提比他聪明多了。乌鸦布雷奇躲在高高的松树梢上,可以看清所有情况。他看到农夫布朗的儿子爬上树拿走蛋的时候,就不怀好意地叫了起来。他很有把握农夫布朗的儿子会把两枚蛋都拿走。至少,他是这么希望的。

但是,他看见农夫布朗的儿子把蛋又放了回去,还从树上下来了。他眨了眨眼,无法相信眼前发生的事情。刚开始,乌鸦布雷奇非常失望,非常恼火。这意味着他没能报复猫头鹰胡提。乌鸦布雷奇飞回自己的家,左思右想。有时一个人坐下来仔细思考,是一件很不错的事情,这让他得以听见内心深处那个微弱的声音。现在,乌鸦布雷奇就是这种状态。

想的时间越久,乌鸦布雷奇就越觉得他把农夫布朗的儿子引过来是很卑鄙的。自己去偷蛋是一回事,让猫头鹰胡提无力抵抗的人去偷就是另外一回事了。"如果换作其他人,他肯定会尽可能离农夫布朗的儿子远一点儿。"内心一个微弱的声音说道。乌鸦布雷奇晃了晃头,知道确实是这么回事。其实,乌鸦布雷奇曾经很多次警告过他的同伴,说农夫布朗的儿子偷他们的蛋,还帮助同伴把农夫布朗的儿子引开。

最后,乌鸦布雷奇扬起头,高兴地叫了起来。这个时候,他的叫声很悦耳。

"我很高兴,农夫布朗的儿子没有拿走蛋,"他大声说,"我真的很高兴。我永远不会再做这样的事了。我为我以前的做法感到惭愧。我知道了,农夫布朗的儿子不像以前那么可怕了。我也知道了,猫头鹰胡提并不是我想象得那么笨。我甚至懂得,格林森林的所有人都要运用智慧一起抵御共同的危险。我学会了以前不知道的东西。胡提夫妇是我们当中第一个开始筑巢养家的。现在我要通过正常手段去寻找食物。"乌鸦布雷奇说到做到。

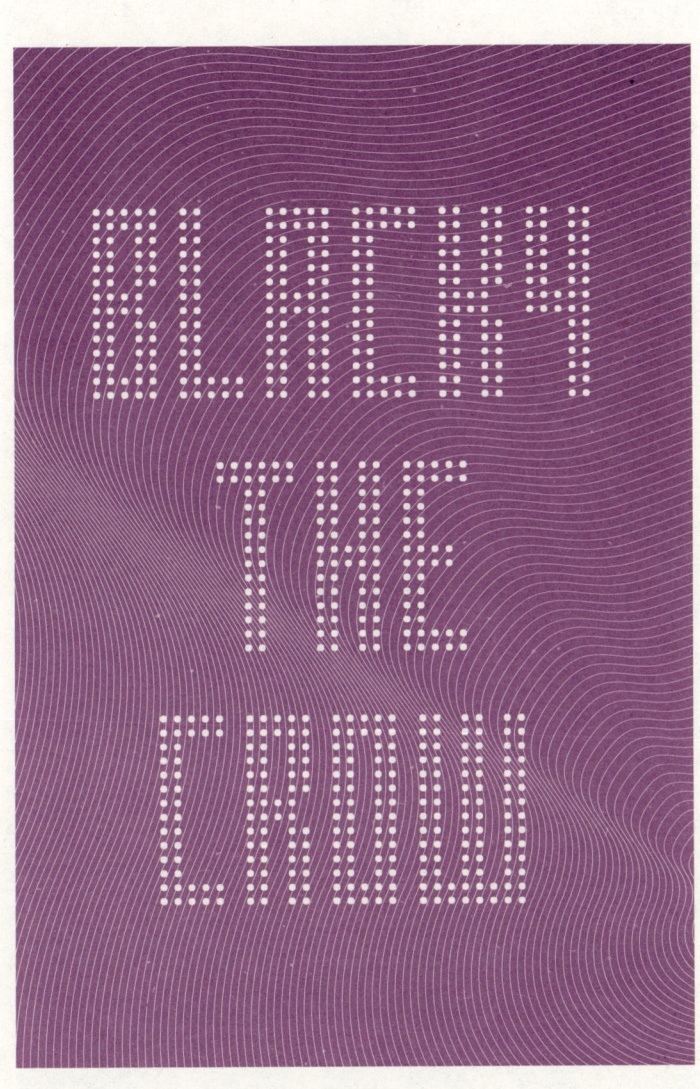

第十三章
要是人类都像
农夫布朗的儿子该多好

以貌取人,
　愚昧无知。

没有必要去看那是谁——兔子彼得不用看就知道；野鸭先生不用看也知道。不过，他们都向上方看去。坐在高高树梢上的正是乌鸦布雷奇。"呱——呱——"乌鸦布雷奇不停地大叫，俯视着兔子彼得和野鸭夫妇以及他们六个幼小的孩子。"我希望我没有打搅你们说悄悄话。"

彼得连忙说："根本没有，没有！野鸭太太刚才只是告诉我在北方抚养孩子很麻烦，也很不可思议。你怎么知道野鸭一家来了？"

乌鸦布雷奇咯咯地笑了，声音很沙哑。"我不知道，"他说，"我只是想，河狸帕迪的池塘里一定有什么我不知道的,所以我就过来看个究竟。野鸭先生,你和你太太的气色看起来非常好,你们的孩子真帅。你可不要告诉我,他们不是你们的孩子哦!"

野鸭太太自豪地点了点头,十分高兴地说:"是的,就是我们的孩子。就是嘛!"

乌鸦布雷奇好像很惊讶似的,但其实他一点儿都不吃惊。"孩子是父母的礼物,真的是这样,我还没见过这么棒的小野鸭。要是猎人带着可怕的猎枪过来,该多好啊。"

野鸭太太身子一颤。乌鸦布雷奇看到后,微微地笑了。乌鸦布雷奇就喜欢让别人不舒服。"今天很早的时候,我看见三个猎人正在大河边上呢。"他说道。

野鸭太太更加担心了。当然,这也没躲过乌鸦布雷奇敏锐的眼睛。"这就是我来这儿的原因,"乌鸦布雷奇连忙说,语气十分友善,"我就是来给你提个醒。"

兔子彼得大叫着说:"可是,你并不知道野鸭一家人在这儿呀!"

"当然,当然。"乌鸦布雷奇说,眼珠子飞快地转了转。"但我猜他们可能在这儿。我听说,今年秋天那些飞到南方去的鸟比往年要早。所以我想,也许我在这儿能找到野鸭夫妇。是不是这样,野鸭太太,我们将要艰难地度过一个漫长而寒冷的冬天?"

"这就是他们所说的北方。"野鸭太太答道,"今年冰霜杰克来得早了一些。这也是我们在这儿的原因。那些猎人还在大河边,你说他们会不会到这里来呢?"野鸭太太的声音里充满了焦虑。

乌鸦布雷奇立刻说道:"不会的,农夫布朗的儿子不会让他们这么做的。我一直在监视农夫布朗的儿子,而农夫布朗的儿子一直在监视那些猎人。只要你们待在这儿,就会很安全。如果那些两条腿的人都像农夫布朗的儿子该多好啊。"

兔子彼得激动地说："可不是嘛！我也希望他们能和农夫布朗的儿子一样。"

"我也希望这样。"野鸭太太抢着说，"是什么事情改变了他呢？"野鸭太太好奇地问。

乌鸦布雷奇解释道："在他真正了解格林森林和格林牧场中的小动物们之后，他就改变了。他发现小动物们其实都很友善，有些小动物还和他是好朋友呢。"

兔子彼得说："现在他是小动物们最好的朋友了。"

乌鸦布雷奇点了点头，说："是呀，彼得，所以，只要野鸭一家待在这里，就会很安全。"

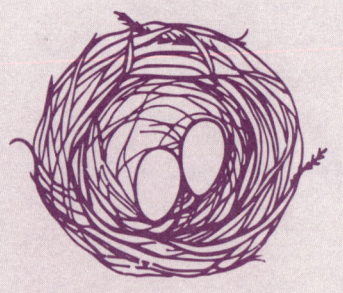

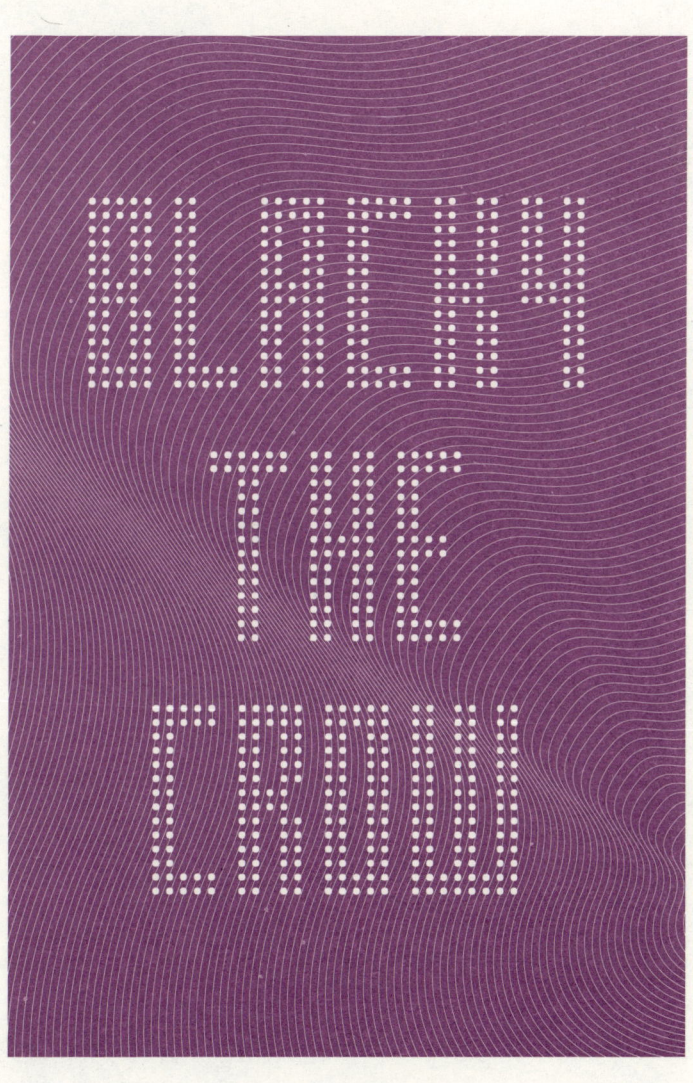

第十四章
这个冬天特别冷

了解自己的真实情况，
不要轻信别人。

乌鸦布雷奇真的非常聪明。他是格林森林和格林牧场中最聪明的动物,大家对此深信不疑。所以,尽管他常常搞恶作剧,乌鸦布雷奇的邻居们还是非常尊敬他。

当然,乌鸦布雷奇已经注意到土拨鼠约翰尼的房子挖得更深了。他还注意到麝鼠杰里加厚了他家的墙壁,河狸帕迪也这么做了。很少有什么事情能逃得过乌鸦布雷奇锐利的眼睛。

乌鸦布雷奇猜到了这些行动意味着什么。他自言自语道:"他们肯定是认为我们要很艰难地度过一个漫长而寒冷的冬天。就算他们知道,我自己也要了解一下。他们只是猜测。人人都会猜,猜得都差不多。"

乌鸦布雷奇在河狸帕迪的池塘边发现了野鸭夫妇和他们的孩子。他记得他们以前从来没有像今年这么早就回到北方。野鸭太太解释说南方已经开始霜冻,所以他们早点儿回来,这样就可以避开霜冻。

乌鸦布雷奇提醒了野鸭一家,和他们告了别,然后直接飞到农夫布朗家的玉米地里。只要一点点金黄色的玉米,他就可以好好吃一顿早餐。

到了玉米地,乌鸦布雷奇落在玉米堆顶上。农夫布朗已经把玉米掰了下来,准备装进仓库。乌鸦布雷奇一动不动地在那儿坐了几分钟,但他的眼睛一直在四处观察,看有没有敌人藏在玉米堆后面。确定很安全后,他拿起一个玉米,撕掉外皮,吃了起来。"玉米的外皮太厚了,"乌鸦布雷奇用有力的大喙撕扯着外皮,"我不记得玉米的皮有这么厚呀,不知道是不是碰巧这个玉米的皮厚些。"

于是,他丢掉这个玉米,拿起另外一个。可是,外皮一样厚。他飞到另外一个玉米堆上,那些玉米的外皮同样很厚。他又飞到下一个玉米堆上,还是同样的情况。

乌鸦布雷奇说:"嗯,都一样厚。"

他在那儿坐了几分钟,像个黑色的雕塑一样,一动不动。"他们真的是对的,他们是对的。"他说。乌鸦布雷奇指的是土拨鼠约翰尼、麝鼠杰里、河狸帕迪和野鸭夫妇一家这些小动物们。"我不知道他们是怎么知道的,但他们是对的。我们要很艰难地度过一个漫长而寒冷的冬天了。我也看到了迹象。大自然母亲用厚厚的外皮包裹起了玉米,她这么做肯定是为了保护它。大自然母亲这么做一定是有原因的。我们肯定要度过一个特别寒冷的冬天了。如果不是这样,我就不是乌鸦布雷奇。"

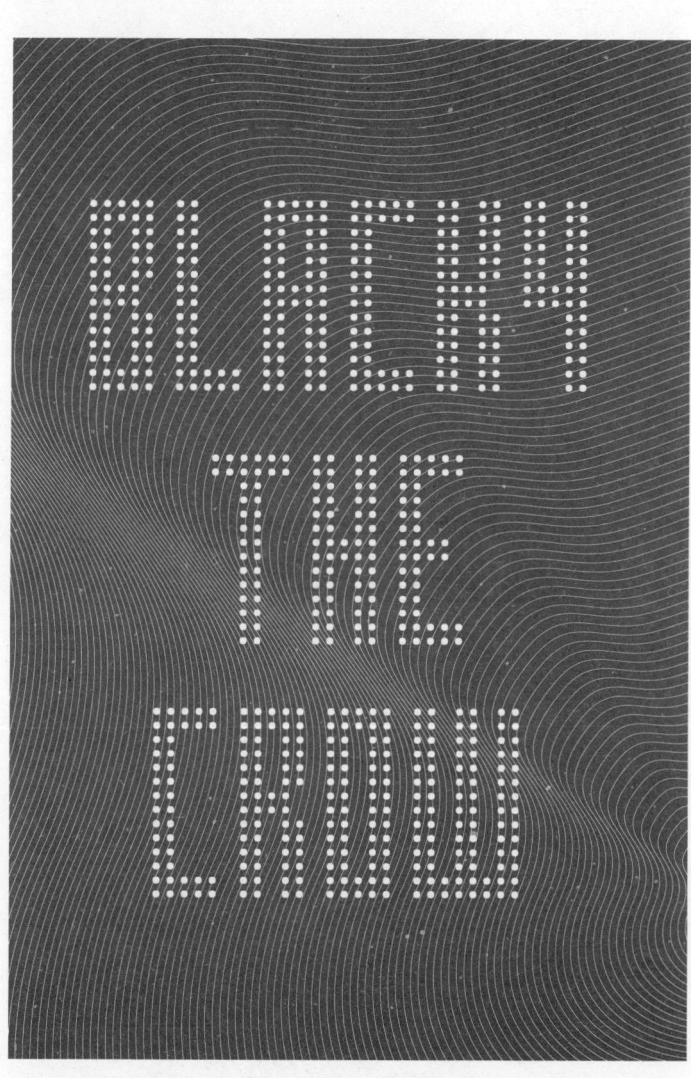

第十五章
证据确凿了

单一证据无法证明对错,
还需其他事实加以佐证。

发现大自然母亲用厚厚的外皮包裹起所有的玉米后，乌鸦布雷奇完全相信了土拨鼠约翰尼、麝鼠杰里、河狸帕迪和野鸭夫妇的预感，接下来的冬天会很漫长、很艰难、很寒冷。很久以前，乌鸦布雷奇就知道单凭一件事情做出决定是极不明智的。"大自然母亲做事从来不会半途而废。"乌鸦布雷奇心想。他坐在格林牧场的栅栏上，琢磨着他所发现的玉米被裹上厚厚外皮的事。"大自然母亲不会只是用这样的方法保护玉米，却不做其他的事情。如果我足够聪明的话，我一定能发现其他的迹象。"

　　他张开一只黑色的翅膀，开始整理羽毛。突然，他失去了平衡，跳了起来，样子很滑稽。"好吧，我从来没有注意过！"他张开另一只翅膀，又恢复了平衡。他喊道："我从来没有注意过这事！"

"是这样吗？"一个声音从栅栏下的洞里传了出来。"如果你说你没有，那我就当你从来都没有，但还要有别人这么说我才会相信。你到底没做过什么事呢？"

乌鸦布雷奇咯咯地笑了。他明白田鼠丹尼的意思。乌鸦布雷奇去找田鼠丹尼的时候，通常是因为他想把丹尼当晚餐。

乌鸦布雷奇说："我已经吃过早餐了，而且现在还没有到吃晚餐的时候。"

田鼠丹尼操着尖细的声音追问道："你没有做过什么事？"

乌鸦布雷奇解释道："这只是一种感慨而已，我发现一件让我吃惊的事情，所以就叫了出来。"

田鼠丹尼问："什么事情？"

"我对我的羽毛再熟悉不过了，但我从来没有认真留意过它们有什么不同。刚才梳理的时候，我才发现它们竟然变厚了。"他把大嘴埋在胸前的羽毛里。"是的，朋友，"他低声说，"我很早以前就熟悉我身上的羽毛。我想，我马上就要拥有一件前所未有的温暖外套了。"

田鼠丹尼反驳道："哼，不要以为你是唯一一个外套变厚的人。以前，每年这个时候我的毛不太厚，我的太太南妮和我们所有的孩子的也都一样，但今年不一样，都变厚了。我想你知道这意味着什么。"

"这能意味着什么？"乌鸦布雷奇明知故问。

"这意味着我们将要度过一个漫长而艰难的寒冷冬天。大自然母亲已经准备妥当。"丹尼很有把握地说，就好像他非常了解这事一样。"你会发现，不飞往南方的人，不冬眠的人，都有了比往年更厚的外套，比如说粗爪鹰——他今年回来得格外早。我想,我要回去提醒南妮了。"

丹尼说完,便转身消失在枯黄的草丛中。

乌鸦布雷奇咯咯地笑着说:"证据更多了。毫无疑问,我们将要度过一个艰难的冬天。我不知道我能不能受得了,也许我应该再往南走走,那里的天气要暖和一些。"

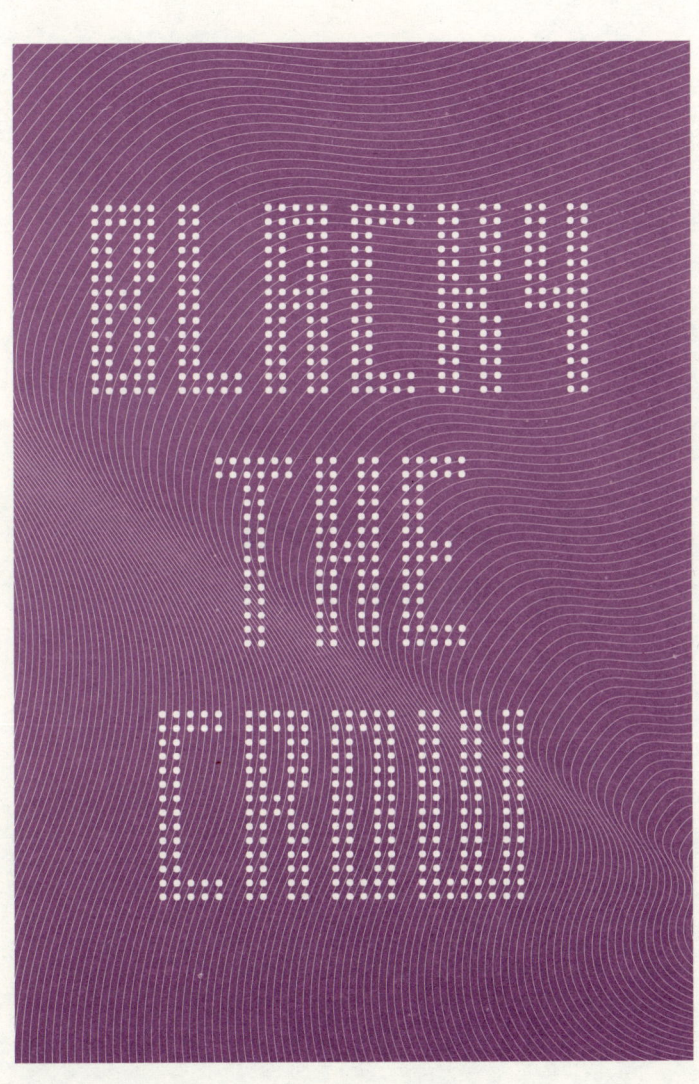

第十六章
往水里撒玉米的人

遇到不能理解的事,
我们总是不愿相信。

乌鸦布雷奇或许是对的，但也可能错了。如果他是对的，正好解释了为什么世界上有各种各样的怪人。因为这些怪人无法被人理解，所以人们才觉得他们是奇怪的人。但人们从来不会因为自己无法理解别人就觉得自己是怪人。

乌鸦布雷奇和那些人不一样。他见到自己不能理解的人和事后，绝不会简单粗暴地认为其不可理喻，而是会尽最大努力去弄明白。他会等待，会观察，会用敏锐的眼睛和精明的小脑瓜，把事情搞清楚。

乌鸦布雷奇发现大自然母亲即将带来的冬天，将会是一个漫长而寒冷的冬天。就在发现这个情况的那天,他去了大河。很久以前,他发现大河上及河岸边有很多东西,都是别的地方没有的。

离大河越来越近了,乌鸦布雷奇变得警惕起来。这个季节总是有很多带枪的猎人出没,而且他曾发现那些猎人就藏在大河边的草丛里,计划着如何打到野鸭夫妇或者他们的亲朋好友。离大河越近,乌鸦布雷奇就越警惕。他知道,离带枪的猎人太近是非常危险的。他已经不止一次被猎枪瞄准过了。不过,乌鸦布雷奇也从这些经历中学到不少东西:其一,他如果看见枪,就能认出那是枪;其二,他知道猎枪的射程,只要超出猎枪的射程,就是安全的。他还知道,没有带枪的男人或农夫布朗的儿子一点儿危害都没有,而带着枪的猎人都诡计多端——他们有时会藏起来,以便瞄准目标。所以,在这样一个危险的季节,最好还是格外小心一些。

这天下午,乌鸦布雷奇来到大河附近,看见河边有一个男人。这个男人似乎在忙着什么。河边水位比较浅,长出了野稻和灌木丛。乌鸦布雷奇小心翼翼地寻找着猎枪,但那个人似乎没有带枪,所以没什么可害怕的。乌鸦布雷奇大着胆子,靠得越来越近,直到他看清那个人正在做的事情。

乌鸦布雷奇的眼睛睁得大大的,惊讶得几乎要喊出声来了。那个人从一个袋子里拿出满满一把金黄色的玉米,撒进了水中。是的,那个人确实是这么做的,把金黄色的玉米撒在长着灌木丛和野稻的水里。

"这真是太奇怪了,"乌鸦布雷奇看到这一幕,咕哝道,"他把那么好的玉米撒到水里面是为了什么呢?他肯定不是在种玉米,现在不是种玉米的季节。再说玉米也不是生长在水中的。浪费这么好的玉米真是非常可耻。他这么做到底是为什么呢?"

乌鸦布雷奇飞落到一棵远一点儿的树上,看着男人奇怪的举动——乌鸦布雷奇的眼睛非常敏锐,能看清远距离的东西——那人继续撒着玉米,撒了好一会儿。乌鸦布雷奇一直在想他这么做的原因。最后男人乘船离开了。乌鸦布雷奇一直看着他,直到他在视野中消失。乌鸦布雷奇挥动翅膀,在那个人撒玉米的地方来回慢慢飞着。除了撒下的玉米,他还看见了别的东西。"呀!"乌鸦布雷奇惊讶地叫了一声。

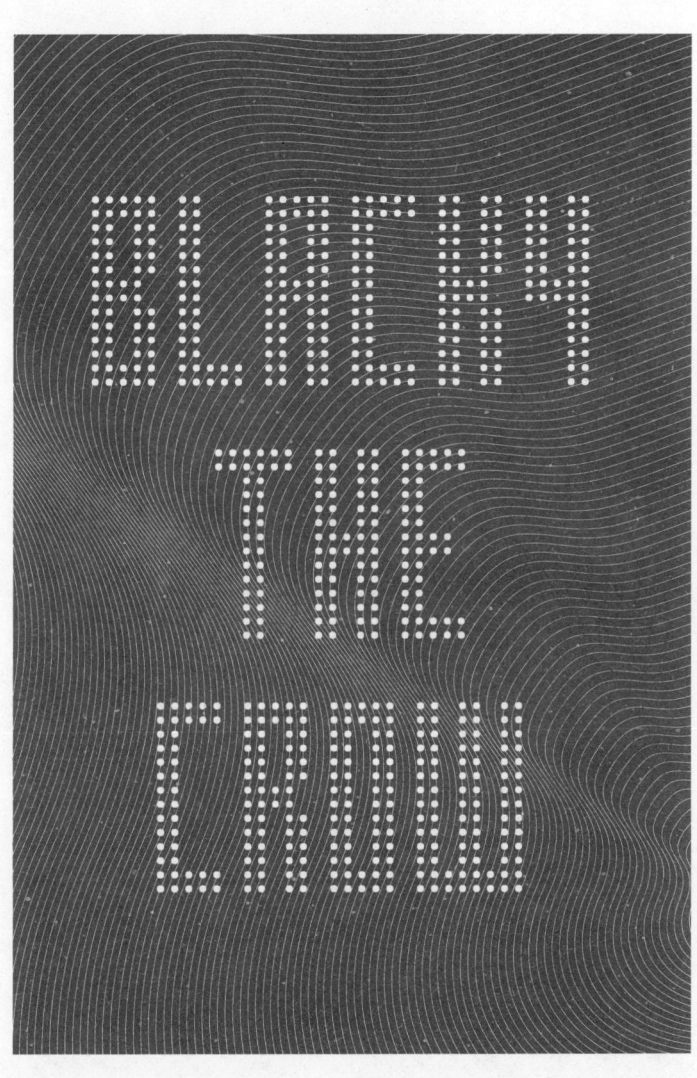

第十七章
野鸭的羽毛

对于无法理解的事,
务必当心!
就算这些事完全无害,
也要当心!

这是乌鸦布雷奇的至理名言之一，而且他一直是这么做的。邻居们之所以认为他是格林森林和格林牧场中最聪明的人之一，部分原因也是这个。乌鸦布雷奇很少陷进什么真正的麻烦中，因为他一开始就会弄清楚到底会不会有麻烦。当发现自己无法理解的事情时，他就会满怀疑虑。

乌鸦布雷奇在大河边看见那个人把黄色玉米撒在水中时，他就心生怀疑了。他无法理解，那个人竟然会把这么好的玉米撒在水中的灌木丛和野稻里。正是因为他无法理解，他便开始怀疑那个人不怀好意。那个人乘船离开后，乌鸦布雷奇飞过去看了看，发现了一样东西。那东西让他惊叫了出来。

乌鸦布雷奇发现了什么呢？只是一根羽毛而已。换作别人，如果没有乌鸦布雷奇那样敏锐的眼睛，是根本不会注意到的。就算是看见了，也不会有人去多想。可是，乌鸦布雷奇立刻就知道了那是野鸭身上的羽毛。他知道一定有一只野鸭或者一群野鸭刚才在灌木丛中休息或觅食，游动的时候掉了几根羽毛。

"呀！"乌鸦布雷奇惊叫，"野鸭夫妇和他们的亲戚一定来过这儿。这儿正是野鸭喜欢来的地方。有的野鸭喜欢吃玉米。如果他们在这儿发现撒下的玉米，一定会饱餐一顿。而且还会再来。撒玉米的人没有带枪，但这并不表明他不是猎人。他也许会再回来的，而且会带来一杆可怕的猎枪。我非常怀疑这个人。我相信他把玉米撒在水中就是为了引来野鸭。我不相信他这么做是出于好心——如果那人是农夫布朗的儿子，我才相信他。那人一定认为这些野鸭从北到南长途跋涉，找到可以安全觅食的地方不容易……我不喜欢这样的场面。我一定要好好看着这里，看看会发生什么。"

乌鸦布雷奇向他最喜欢栖息的一棵铁杉树飞了过去。他在格林森林里不停地想着这件事，越想就越觉得可疑。他不喜欢这种事情。"我会警告野鸭夫妇不要来这里。明天一早我首先要做的就是这件事。"说完，他就准备睡觉了。"如果他们有所察觉的话，就会待在河狸帕迪的池塘里。可是，万一他们去了大河那里，几乎可以肯定，他们会发现那些玉米，一旦找到玉米，肯定还会再回来找更多的玉米。怎么样都好，可我真的不喜欢这样的情形。"乌鸦布雷奇满腹疑惑地睡着了。

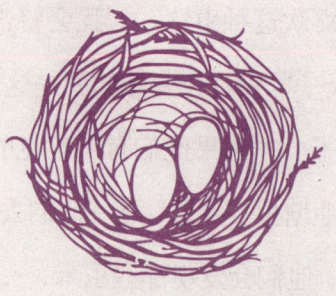

第十八章
野鸭吃掉了"危险"的玉米

许多你忽视的小事,
可能后来非常重要。

乌鸦布雷奇成功的秘诀就是，他从来不忽视任何小事。很久以前，他就明白很多看起来绝对无害的、根本不值得放在心上的小事，到后来都和生活中的一些重要大事联系在了一起。无论事情看上去多么微不足道，乌鸦布雷奇都会仔细地观察，并牢牢记住。

第二天早晨，乌鸦布雷奇醒来做的第一件事，就是飞到河狸帕迪的池塘去提醒野鸭夫妇。他警告野鸭夫妇，如果他们和孩子想要获得安全的话，就必须远离大河。然后，乌鸦布雷奇匆匆忙忙吃了早餐，就飞到了大河边那个男人撒玉米的地方。

在撒过玉米的灌木丛和野稻田里，乌鸦布雷奇看见了野鸭夫妇的表兄——野鸭达西奇,还有达西奇的亲戚和朋友们。他们一脸满足,精神头儿十足。乌鸦布雷奇已经猜到了原因——那里一粒玉米也看不见了。他知道,野鸭达西奇和他的亲戚朋友们一定是昨天傍晚来的时候看见了撒下的玉米。乌鸦布雷奇知道他们肯定会继续待在那儿,不受点儿惊吓是绝对不会出来的。白天,他们会一直待在河狸帕迪的池塘;在那个地方,他们基本上不会被打扰——至少没有什么不易察觉的危险。他们会在那儿待上一整天,天黑以后会回到这里,看能不能找到玉米吃——那会儿才是他们最喜欢进食的时间。

野鸭达西奇抬起头看着乌鸦布雷奇。乌鸦布雷奇什么也没有说,野鸭达西奇也没有说话。不过,就算乌鸦布雷奇没有动嘴巴,他也一定在用眼睛看。他发现大河边有个东西,看起来像一片矮灌木,很多棕色的灌木混杂其间。野鸭达西奇和他的亲戚们并没有觉得周围有什么不对劲儿,都是一副淡定的样子。但乌鸦布雷奇知道,大河边夏天是没有这种灌木的。这种灌木以前并不是长在这里的。

乌鸦布雷奇飞了过去。灌木丛背后有几根木头。昨天他离开的时候,木头并不在那里。这点他非常确定。"呀!"乌鸦布雷奇压着嗓子叫道,"那些木头看起来很适合猎人坐在上面。猎人藏在灌木丛背后,来这儿的野鸭就看不见他了。我总觉得不对劲儿,得好好留意一下。"

那天,乌鸦布雷奇去了大河边好几回,第二次去的时候,发现野鸭达西奇和亲戚朋友们已经离开了。乌鸦布雷奇下午再去的时候,又看见那天撒玉米的人在做着同样的事情——把玉米撒在灌木丛里。然后,那个人还和上次一样,乘船离开了。

"我不喜欢这种事,"乌鸦布雷奇摇着头嘟囔道,"我讨厌这种事。"

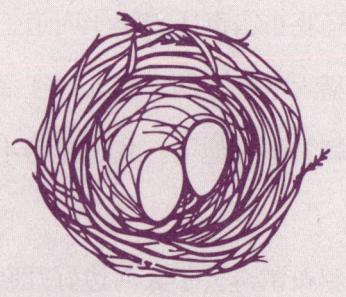

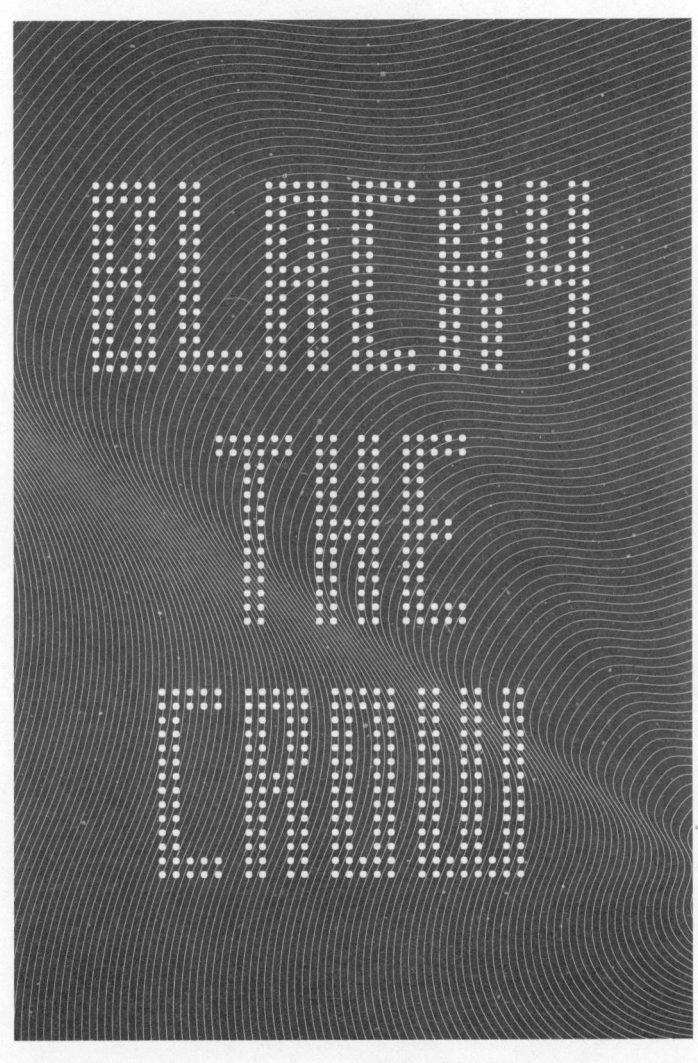

第十九章
野鸭达西奇误解了
乌鸦布雷奇的好意

如果你知道别人面临危险,
哪怕你不认识他,
也一定要提醒他。

那个人每天都会乘船来到大河边，在那个固定的地点撒下玉米。乌鸦布雷奇每天也会来这儿看着那个人。乌鸦布雷奇摇着头，跟自己说不喜欢这种事。他觉得那个人没安好心。有时乌鸦布雷奇远远看着，有时又飞近看，但那个人始终都没有带过枪。

每天一大早，乌鸦布雷奇就飞到大河边，每次看见野鸭达西奇在那里时，乌鸦布雷奇就知道他们前天黄昏来过了，而且整个晚上都没有离开，一直在美滋滋地吃那个人撒下的玉米。

"那些野鸭做什么跟我一点儿关系也没有，"乌鸦布雷奇自言自语道，"这几天一定有什么事情要发生。那个人绝对是在欺骗他们,但他欺骗不了我。虽然我见到他的时候,他并没有带枪,可他毕竟是个猎人,我绝对确信这一点。那个人知道那些笨蛋野鸭晚上会来这儿吃他撒的玉米,也知道野鸭们已经来过好几回了。野鸭们觉得没有什么危险,相信这里很安全,所以毫无戒备。之后,猎人就会躲在灌木丛后,伺机用枪瞄准他们。这就是那个人的目的,若非如此,我就不叫乌鸦布雷奇。"

最后,乌鸦布雷奇决定给野鸭达西奇一点儿暗示。第二天早晨,他停下来和野鸭达西奇打了声招呼。"早上好。"乌鸦布雷奇说。这会儿达西奇正在水中游着,"我希望,你真的像你看上去那么安逸。"

野鸭达西奇回复道:"嘎嘎,乌鸦说好听的奉承话时,一定是想得到什么回报。这次你想要什么呀?"

乌鸦布雷奇说:"什么都不要,这里没有我想要的东西。我看你每天都来这里,对你和你的亲戚朋友们而言,这里有什么吧,是什么呢?"

"玉米,"野鸭达西奇低声说道,好像很怕别人听见似的,"是很好的黄玉米。"

"玉米!"乌鸦布雷奇大声叫道,做出一副非常吃惊的样子,"玉米怎么会在水里面呢?"

野鸭达西奇摇了摇头,说:"别问我,我也不知道,我完全不知道。我知道的就是每天晚上我们来的时候,总能发现这里有玉米。至于这些玉米是怎么来的,我不知道,而且我也不关心这个。这儿有玉米就够了。"

乌鸦布雷奇提醒道:"每天下午我都看见有个男人在这里,我想他可能是个猎人。"

"他带枪了吗?"野鸭达西奇满是疑惑地问道。

乌鸦布雷奇回答道:"没有。"

"那他就不是猎人了。"野鸭达西奇叫道,松了口气。

乌鸦布雷奇说:"可是,如果他某天带了枪,专门等你来吃玉米呢?你想啊,他会藏在灌木丛后面。"

"你在胡说,"达西奇使劲摇着头,反驳道,"我们来这儿这么久,从来没遇到过什么危险。我了解你,你就是嫉妒我们找到了好吃的东西,而你什么都没有。你就是在吓我们。但我要告诉你,你吓不到我们的。"

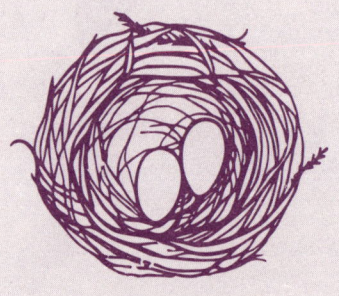

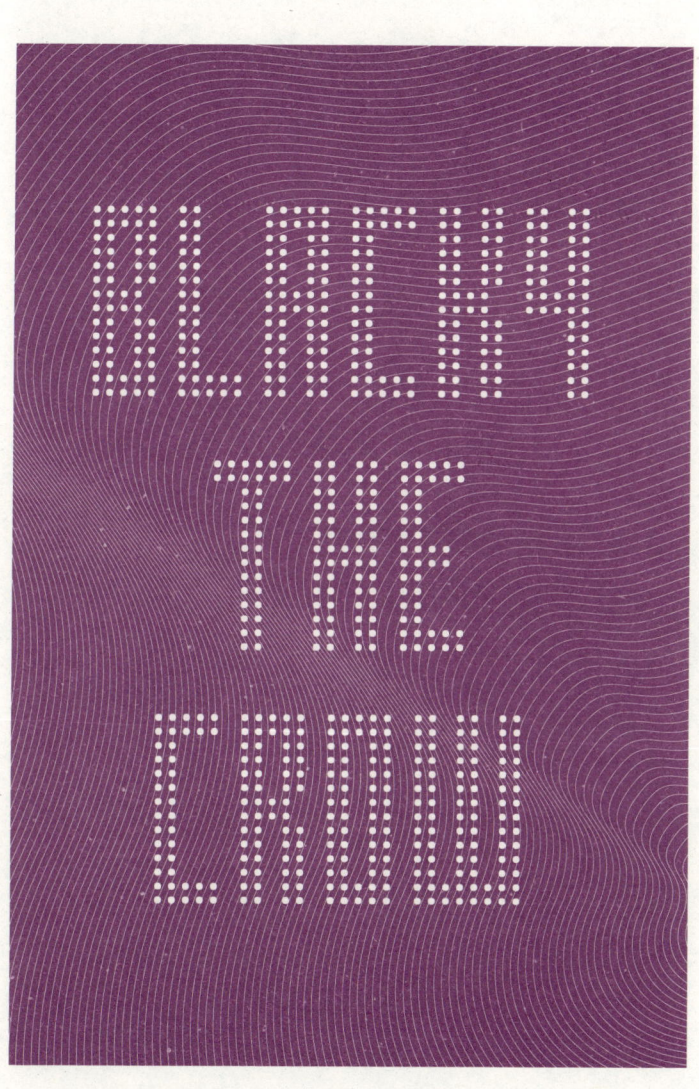

第二十章
猎人要动真格的了

要不要帮助别人，
有时真的不好决定。

傍晚，乌鸦布雷奇正飞往格林森林。像往常一样，他飞去大河那里，想看看那个人是不是又在撒玉米。那个人不在。大河边什么人也没有。

乌鸦布雷奇心想："他今天没有来，或者他早就来过，已经离开了。"紧接着，他敏锐的眼睛看见了什么东西。他闪到旁边，直接飞到一棵树上。在树上，他能看见下面的一切。乌鸦布雷奇看见什么了？是大河上的一只船。

乌鸦布雷奇静静地待在树梢上，看着下面的一切。此刻，那只船靠近了灌木丛。过了一会儿，有个人走了出来，上了岸，正是那个撒玉米的人。乌鸦布雷奇对此毫不怀疑，绝对就是同一个人。

"哈哈！"乌鸦布雷奇大喊大叫起来。他兴奋过度，差点儿失去了平衡。"哈哈！与我料想的一样！"乌鸦布雷奇敏锐的眼睛看见了那个人正扛着什么东西——是一杆猎枪！可怕的猎枪！乌鸦布雷奇立马就认出那是一杆枪。

"我非常确定，"乌鸦布雷奇嘀咕道，"他在等那些野鸭过来。恐怖的事情很快就要发生了。猎人都是可怕的东西！他们的眼里完全没有公平可言。他们根本就不知道什么是公平。他每天都来到这里，将食物投放到野鸭达西奇能看见的地方，一直到野鸭不再有疑心。他知道野鸭一定会感到很安全，然后就开枪杀了他们，不给他们任何活命的机会。狐狸雷迪是个狡猾而聪明的猎手，但他不会做出这样的事情。老郊狼和其他动物都不会穿上皮毛或羽毛伪装，甚至不会藏起来，试图抓住某个动物。天很快就要黑了，四下里恐怖兮兮的。我躲在铁杉树上应该会很安全。如果我在黑夜出去,我一定吓得要死。但那些野鸭们得有人去提醒。唉,天哪,我该怎么做?"

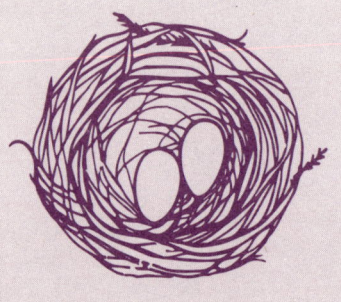

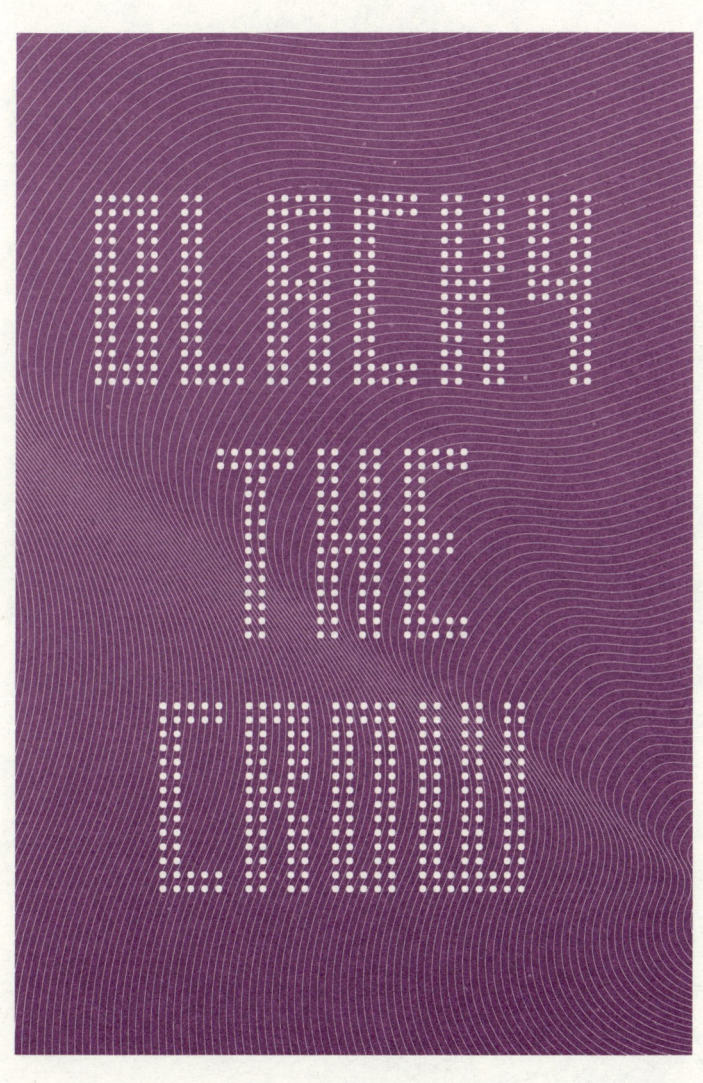

第二十一章
乌鸦布雷奇
搅了猎人的好事

没有比真正帮到别人,
更让人高兴的了。

乌鸦布雷奇坐在大河附近的树梢上,下不了决心。他想回家去,想在黄昏之前回到铁杉树上。乌鸦布雷奇非常害怕黑夜。确切地说,他害怕的是在黑夜外出。

"回家吧,"乌鸦布雷奇心底响起一个声音,"天黑前已经没有时间去大河边了,不要浪费时间。至于那些又傻又笨的野鸭会有什么事,跟你有什么关系?而且,你也做不了什么。回家吧。"

"再等几分钟吧,"心底又响起另一个声音,"别像个胆小鬼似的。你应该提醒野鸭达西奇,猎人正带着枪等着他们。如果那些野鸭出了事,真的跟你毫无关系吗?再考虑考虑,乌鸦布雷奇,再考虑考虑。看见危险提醒同伴是每个人的义务。如果你因为害怕黑夜而导致灾难降临在野鸭达西奇身上,你永远都不会释然,永远不会安心。再等一会儿,看看情况。"

仅仅过了五分钟,乌鸦布雷奇就看见了让他忧心的事——一条黑色的线朝大河这边飞过来了。他知道那是什么。他看了看躲在水边灌木丛后的猎人。猎人正握着枪,注视着那条黑线。猎人当然也知道那是什么,那是一群野鸭飞过来了。

乌鸦布雷奇的身体又抖了抖,但这次不是因为害怕黑夜,而是因为忧心。他知道那群野鸭急急忙忙地过来,就是想多吃几口玉米。最近,他们每天晚上都能吃到可口的黄色玉米。野鸭们相信附近没有危险,没有等到夜幕降临就开始吃玉米,就像他们平常做的那样。乌鸦布雷奇非常忧心,或许他现在可以提醒野鸭们了。

野鸭达西奇领着野鸭们从大河中间贴着水面飞了

过来，一共有九只大野鸭，他们飞得真快呀。乌鸦布雷奇非常嫉妒野鸭们有如此厉害的翅膀。就在刚才，乌鸦布雷奇还想他们会去大河边，不来吃玉米了，后来，野鸭们又去了另一边的河岸，转着圈飞，飞向了猎人的藏身之处。乌鸦布雷奇的眼睛一眨不眨地看着猎人，发现他已经准备开枪了。

乌鸦布雷奇来不及思考，他展开翅膀，准备飞出去。"呱呱呱呱呱！"乌鸦布雷奇扯开嗓子大喊。"呱呱呱呱呱！"格林森林和格林牧场里的每个人都知道这叫声表明有危险。野鸭达西奇立刻掉头，其他野鸭跟在他后面。经过猎人所在的地方时，他们飞得很高，这样猎人就无法打中他们了。猎人拿起枪瞄准他们，但没有开枪。他不想惊吓到这些野鸭，以防他们不敢再回来。不一会儿，那群野鸭朝着来的方向飞走了，仅仅几分钟，就消失在了视线之外。

乌鸦布雷奇直接飞向格林森林，一边飞一边叫喊。

这次他救了野鸭,非常高兴,甚至没注意到天色已晚。
猎人站起身,朝着乌鸦布雷奇狠狠地挥着拳头。

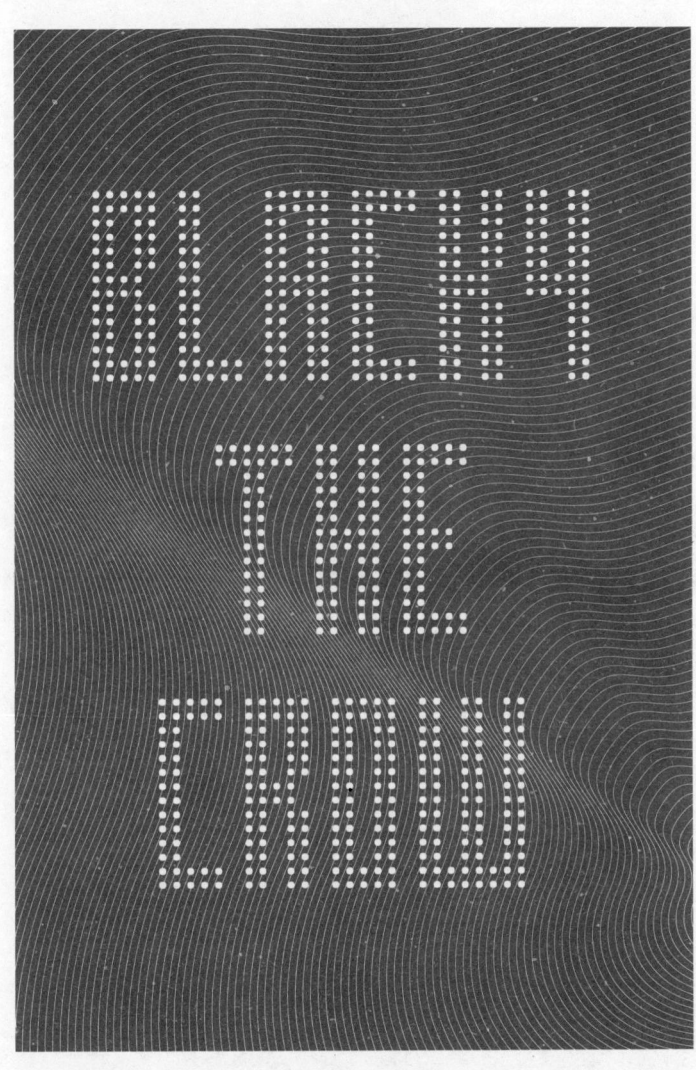

第二十二章
乌鸦布雷奇叫来
农夫布朗的儿子

寻求朋友的帮助,
 有时必不可少。

乌鸦布雷奇睡得很香，醒来时精神好极了。昨天黄昏，他从猎人的枪口下救出了野鸭达西奇和其他野鸭。他不知道自己到底是因为救了那些野鸭，还是因为破坏了猎人的计划而感到高兴。他非常厌恶带枪的猎人。不仅乌鸦布雷奇如此，格林森林和格林牧场里的其他动物也都如此。

乌鸦布雷奇高高兴兴地吃了早餐。早餐过后，他又飞到大河边，去看野鸭达西奇是不是还在那里吃玉米。野鸭达西奇不在。乌鸦布雷奇觉得他们一定是被吓到了。

乌鸦布雷奇落在以前待过的那棵树上嘀咕道：

"过上一两个晚上,他们也许会回来。达西奇他们会回来,猎人也会回来。如果那个人看见我在旁边,一定会开枪打死我的。不管怎样,我已经做了我能做的一切。野鸭达西奇他们也应该足够聪明,不会再相信那个地方。咦,那是谁?那一定是农夫布朗的儿子。我希望他来这里。如果他能找到那个猎人,或许会想办法把猎人赶走。我要想办法把农夫布朗的儿子引到这里来。"

乌鸦布雷奇开始叫喊,以前他想告诉别人他发现了什么东西时也会这么做。"呱呱呱呱!"乌鸦布雷奇尖声叫着,好像非常兴奋似的。

这天早上,农夫布朗的儿子没什么事情可做,就准备到格林牧场转转,去看看他的长着羽毛和皮毛的小朋友们。他听到了乌鸦布雷奇的叫声,于是朝着声音的方向走去。

"乌鸦布雷奇那个捣蛋鬼一定在大河岸边发现了

什么东西。"农夫布朗的儿子自言自语道,"我要过去看看是怎么回事。没有什么能逃得过乌鸦布雷奇的眼睛,他总能让我看见很多有趣的事情,他就在大河附近的树梢上。"

农夫布朗的儿子越来越近了。乌鸦布雷奇从树梢上飞了下来,藏在河岸下面。农夫布朗的儿子笑了。"不管是什么,一定是在岸边。"农夫布朗的儿子自言自语道。

农夫布朗的儿子快步走了过来,脚步很轻。现在他已经到了河岸边。乌鸦布雷奇拼命地飞上了天,假装被吓了个半死。农夫布朗的儿子又笑了。"你是想让我相信我吓到你了,每次你知道我要来,你都在等着我。这次你又发现什么了?"

农夫布朗的儿子急忙看向岸边,一下子就看见了水边的低矮灌木丛里的异动,很快就明白了那是什么。"那是一个猎杀野鸭的掩体!"农夫布朗的儿子喊道,

"猎人做了一个掩体,用来打野鸭。我不知道他有没有打死过野鸭。我希望没有。"他蹲下来瞧了瞧,的确是猎杀野鸭的猎人做的掩体。他四处查看,突然,一些玉米粒进入了他的视线,他的脸黑了下来。"那家伙是在引诱野鸭呀,"他想,"那家伙撒下玉米是想引诱野鸭常常来这里。天哪,我最厌恶这种事了!用正当手段捕杀他们已经够可恶了,更何况是诱捕这种卑鄙的事。唉,我真希望他还没有打死哪只野鸭。"

农夫布朗的儿子谨慎地往四处看了看,阴着的脸很快就转晴了。他知道,如果猎人打死了野鸭,就一定会有羽毛留下的,但那里没有。

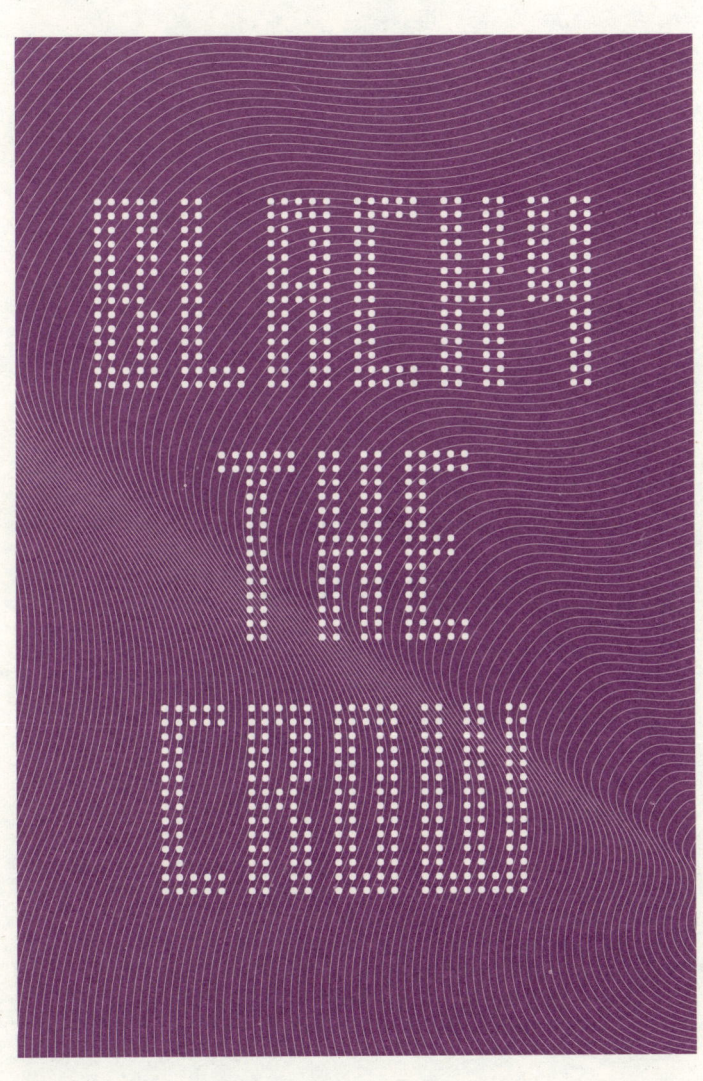

第二十三章
农夫布朗的儿子要救野鸭

聪明的朋友,
是你的开心果。

农夫布朗的儿子坐在大河岸边沉思着，这表明他在非常认真地思考。乌鸦布雷奇在不远处的树梢上歇着，看着农夫布朗的儿子。现在乌鸦布雷奇非常安静，那双机灵的小眼睛看起来精明极了。他已经做了他所能做的一切。他把农夫布朗的儿子引到了这里。他很满意能把这件事交给农夫布朗的儿子去处理。

"猎人做了个掩体试图猎杀野鸭，"农夫布朗的儿子心想，"他还把玉米撒在河上引诱他们。野鸭是很聪明的，但如果他们每天晚上都发现有玉米，就会以为这里很安全，从而忽略掉危险。他们就这样毫无顾虑地吃玉米的话，或许今晚，或许某个晚上，猎人就会拿枪在这儿等着他们了。

"我知道，允许猎杀野鸭是自然的法则，但引诱他们却违背了这一法则。这不是猎杀，这根本不是猎杀。如果这片地归我父亲所有，我就知道该怎么做了。我要在此处立一个标示牌，说明这是私人领地，不允许猎杀动物。可这不是我父亲的土地，猎人完全有权利在此猎杀野鸭。猎人和我一样，都有这样的权利。我希望我能阻止他，但我不知道我怎么样才能做到。"

农夫布朗的儿子皱起了眉头，认真地思考着。每当这个时候，他都会皱起眉头。"我想我可以拆了他的掩体，他不会知道是谁干的。但这样做也起不到多大的作用。我拆了，他还可以再做一个。此外，这样做也不对。他有权利在这里做掩体，而且他已经这么做了。这是他的，我没有权利拆除，也不地道。我要想点儿别的法子来救那些野鸭。"

农夫布朗的儿子的眉头皱得更紧了，他坐在那里好长时间一动不动。突然，他的脸上露出喜色，还跳了起来。"我有办法了！"他大声说道，"我自己用枪来猎杀动物！"然后，他笑着起身，回家了，边走边吹起了口哨。兴致高的时候，他就喜欢这样做。

乌鸦布雷奇看着农夫布朗的儿子离开了，感到非常满意。他不知道农夫布朗的儿子准备怎么做，但他感觉农夫布朗的儿子一定是有了主意，这就够了。或许，乌鸦布雷奇并没有真正理解农夫布朗的儿子说的话。

乌鸦布雷奇像以前一样飞走了。他非常高兴，因为一切进行得很顺利。他不需要再担心那些野鸭了。格林森林和格林牧场里没有人比他更了解农夫布朗的儿子。他十分清楚农夫布朗的儿子是他们最好的朋友。"现在一切都好了，"乌鸦布雷奇笑道，"一切都好了。"

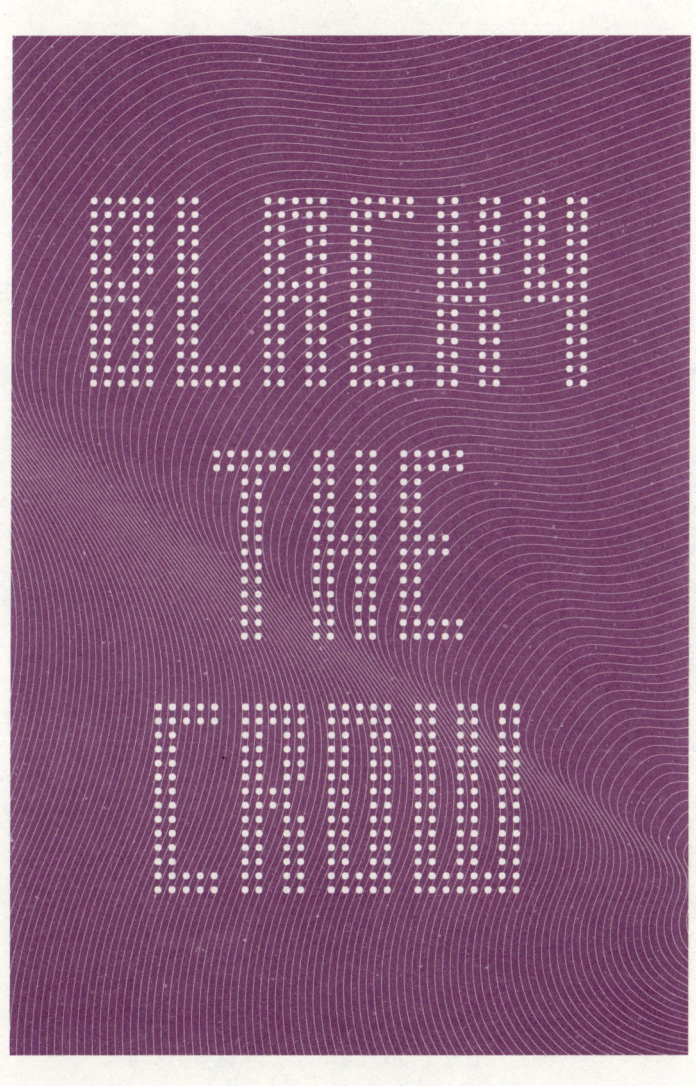

第二十四章
农夫布朗的儿子开枪了

如果朋友也虚伪,
那我们还能相信谁?

刚到下午，乌鸦布雷奇就在他最喜欢的树梢上待着了。他不知道会发生什么，但他打心眼儿里觉得很快就有事情要发生了。但是，他在树梢上待了很长时间，也没有看见什么不同寻常的事情。很快，远处出现了一个小小的身影。就算隔着那么远的距离，他也知道那是谁。那正是农夫布朗的儿子，正朝大河走来。

"跟我想的差不多，"乌鸦布雷奇笑了，"他是来这儿把猎人赶走的。"小小的身影越来越大。毫无疑问，是农夫布朗的儿子。

突然，乌鸦布雷奇的眼睛睁得大大的，好像看见了什么危险的东西似的。他发现农夫布朗的儿子带着的东西很像一杆枪!是呀,农夫布朗的儿子带着枪!如果乌鸦布雷奇可以揉一揉眼睛的话,他一定会这么做的,他想确定这到底是怎么回事。"是枪呀!"最后,乌鸦布雷奇惊呆了,"农夫布朗的儿子居然带了杆枪!这是什么意思?"

农夫布朗的儿子越来越近了,乌鸦布雷奇可以清楚地看见他带着猎枪。突然一个念头闪进他的脑海。"也许他是要打死那个猎人!"乌鸦布雷奇这么想着,心里稍微好受了些。

农夫布朗的儿子到了大河边那个猎人的掩体所在的地方。他把枪摆放在河岸上,然后去了水边。那里的灌木丛非常茂密,农夫布朗的儿子在那里忙活了好一阵。乌鸦布雷奇从高高的树梢上看着农夫布朗的儿子,越看越觉得不解。农夫布朗的儿子似乎正在制作一个和猎人的掩体一模一样的掩体。最后,他把一根枯木搬到那里,捡起枪,坐在那里。他在那里隐藏得很好，除非从高处看，否则很难发现他。

"我真的觉得他是想自己猎杀那些野鸭。"乌鸦布雷奇后怕不已，喃喃地说道。"如果没人告诉我，我真是不敢相信。我无法相信这种事。农夫布朗的儿子竟然带着一杆可怕的枪！但我得相信自己的眼睛。"

大河上传来一阵聒噪声，引起了农夫布朗的儿子的注意。聒噪声是从一只船上发出的，是那个猎人。就像昨天一样，猎人上了岸，走到掩体背后。"我没有在这里待下去的理由了，"乌鸦布雷奇唠叨着，"他会想起昨天是我吓走了那些野鸭，他很有可能会打死我。"

乌鸦布雷奇展开双翅，匆忙离开那个树梢，飞到了距离更远一点儿的树上。他觉得这样会安全一些，但不如之前看得清楚。他一直在那里待到夜幕降临。现在，是时候回格林森林去了。他必须赶紧回去，因为这比以往迟了许多。他非常害怕天黑。他刚飞到格林森林边上时,听见令人晕眩的"砰砰"的枪声从大河那里传了过来。他知道枪声来自农夫布朗的儿子藏身的灌木丛。

"是真的,"乌鸦布雷奇说道,"农夫布朗的儿子成了猎人。"这着实惊吓到了乌鸦布雷奇,让他久久不能入睡。

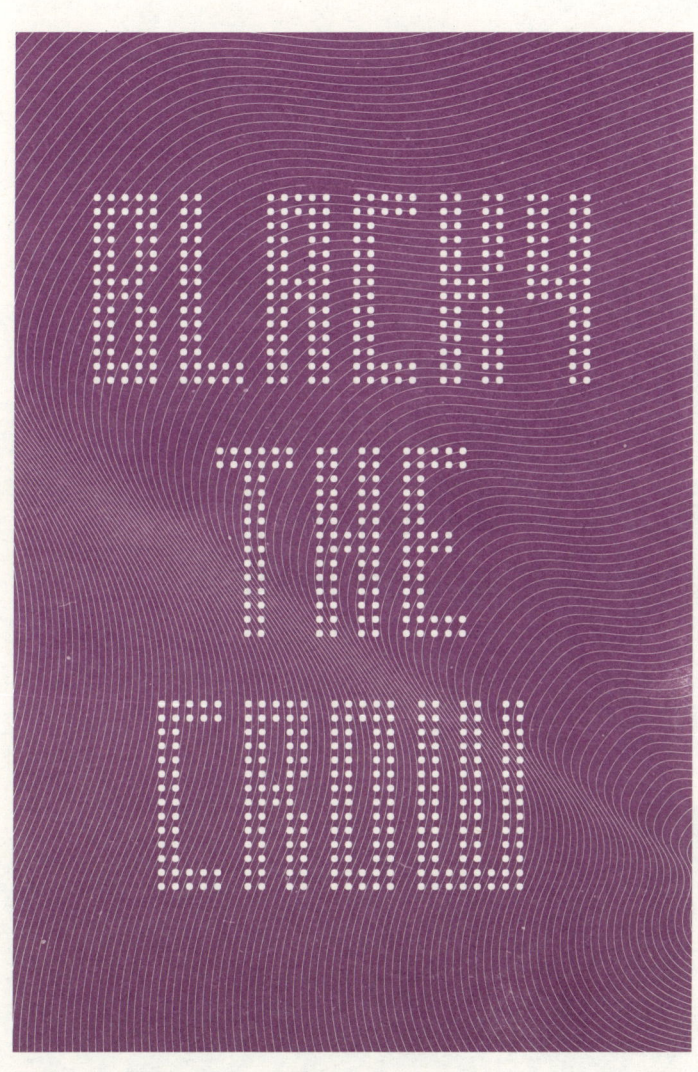

第二十五章
为什么猎人没有捕到野鸭

一个不称职的猎人,
是小动物们的福音。

猎人从船上走上岸，走到野鸭达西奇每天晚上发现玉米的地方。他靠近时，正好看见乌鸦布雷奇离开了树梢。

"很好，你没有等我靠得更近一些，"猎人说，"你很聪明，同样的伎俩不会用两次。昨天晚上你吓走了那些野鸭，如果你再这么做，我一定会开枪打死你。"

猎人走到他的掩体那里，带着枪坐在掩体后，等待野鸭过来。要知道，农夫布朗的儿子还在大河岸边，正藏在他下午做的掩体后。猎人根本看不见农夫布朗的儿子，根本不知道这附近还有别人。

"现在乌鸦已经走了，我想今晚我一定能打到几只野鸭。"猎人想着,又看了看枪,确保一切准备就绪。

快乐的、圆圆的、红彤彤的太阳公公慢慢地落到紫山背后睡觉去了,夜幕开始降临。猎人看见大河的水面上有一条黑色的线快速游来。"他们来了。"猎人咕哝着,急切地看着,那条黑线越来越近。野鸭们在大河上徘徊,正对着猎人躲藏的掩体。很显然,野鸭达西奇还记得乌鸦布雷奇昨天的警告。但这次好像没有什么问题,一切看上去很安全。那群野鸭徘徊了一会儿,直接飞向撒有玉米的地方。猎人将身体埋得更低了。野鸭已经很近了,猎人就要开枪了。可是,在野鸭们离他还有点儿距离的时候,"砰砰"的枪声响了起来。

野鸭达西奇和他的亲戚们立刻飞走了,飞到了大河上面。猎人再次大失所望。让猎人失望的是躲在掩体后的那个人。"有别的人也在打猎,他坏了我的好事,"猎人埋怨道,"他一定在那里有个掩体。我没有注意到有些野鸭靠近了那个人,不知道他有没有打死野鸭。希望下次野鸭先到我这里来。"

猎人活动了一下身体,让自己觉得舒服一点儿,然后又伏身等着。黑夜从大河另一边悄悄爬了出来。快乐的、圆圆的、红彤彤的太阳公公已经回家睡觉了。第一颗星星已经开始在头顶闪烁了。一切都那么静谧祥和。大河中间响起了"嘎"的一声,野鸭达西奇和他的亲戚们游了过来。这次猎人只能看见水面上一条黑色的线,他认出那是九只野鸭。仅仅几分钟,野鸭就进入了猎人的射程。这时,"砰砰"的枪声又响了。野鸭们猛地拍着翅膀,慌慌张张飞走了。

猎人站了起来,嘴巴里说着什么,但肯定不是什么好话。他知道今晚野鸭不会再来了。他走到岸边枪声响起的地方,看见农夫布朗的儿子的掩体,但没有看见人。农夫布朗的儿子在最后一次开枪后,就偷偷地离开了。

农夫布朗的儿子扛着枪穿过格林牧场,走在回家的路上。他开心地笑了,"他这次没有打到野鸭。"

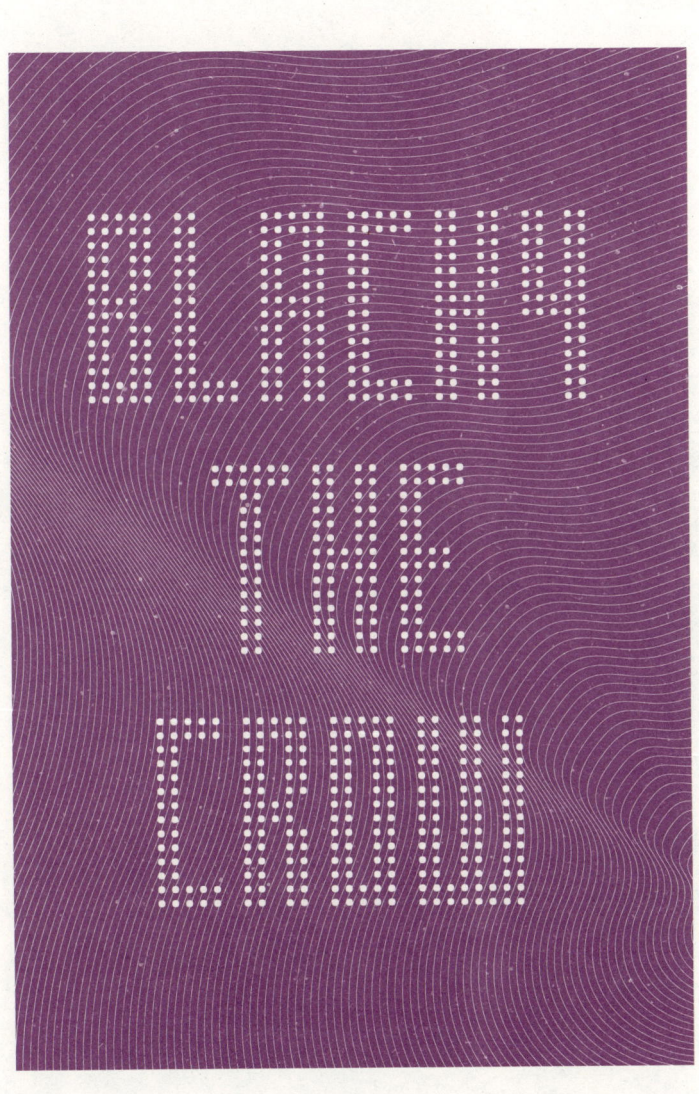

第二十六章
猎人放弃了

一个玩忽职守的同行,
让你从头到尾白忙活。

乌鸦布雷奇不知道该怎么办。他实在不能相信农夫布朗的儿子成了猎人。如果真是这样,这个世界上他还可以相信谁呢?要是他没有亲眼见到农夫布朗的儿子带着可怕的枪藏在灌木丛中,等着野鸭达西奇他们到来,要是他没有亲耳听见"砰砰"的枪声,他实在不敢相信。

第二天一大早,乌鸦布雷奇就匆匆赶到了大河边农夫布朗的儿子曾经隐藏的地方。他敏锐的眼睛搜寻着羽毛,那是野鸭被杀的证据。但他没有看见羽毛,没有任何迹象表明这里发生了可怕的事情。或许农夫布朗的儿子开枪的时候打偏了。乌鸦布雷奇摇了摇头,决定不告诉任何人关于农夫布朗的儿子开枪的事。

午后,乌鸦布雷奇在大河附近他最喜欢的树梢上歇息,看见农夫布朗的儿子带着枪穿过格林牧场来到大河。他的心沉了下去,和昨天下午一样。农夫布朗的儿子没有去旧的藏身之处,他找了个新地方。

猎人也来了,比以前稍微早了点儿。他也没有去他的掩体后藏起来,而是直接走到先前农夫布朗的儿子藏身的掩体。当然,那里什么也没有。猎人既高兴又失望。他回到自己的掩体,坐了下来,等着野鸭们到来。同时,他注意着另一个掩体,看看是否有不认识的猎人过来打猎——当然,他没有看见。最后,他看见野鸭们来了,并十分确信这次他一定能打到几只野鸭。

可是,同样的事再次发生了。就在野鸭们靠得足够近的时候,又响起了"砰砰"的枪声,那些野鸭被吓跑了,并且没有再回来。猎人再次失望而归。

第三天下午,猎人来得格外早。他赶在农夫布朗的儿子前到了这里。农夫布朗的儿子来的时候,猎人看见了他。猎人走到农夫布朗的儿子藏身的地方。"你好!"猎人突然打了声招呼,"你就是昨天还有前天开枪的那个人?"

农夫布朗的儿子咧开嘴笑着说:"是的,是我。"

"你运气怎么样?"猎人问。

农夫布朗的儿子回答道:"还不错。"

"你打了多少只野鸭?"猎人又问。

农夫布朗的儿子的嘴咧得更开了。"一只也没打中,"他说,"可能我枪打得不好吧。"

"那你说你运气很好是什么意思?"猎人很不高兴。

农夫布朗的儿子连忙解释道:"哦,我是说我有幸看见那些野鸭以及有趣的猎杀场面。"说完又笑了。

猎人失去了耐心,命令农夫布朗的儿子离开。但农夫布朗的儿子对猎人说了同样的话。最后,猎人放弃了,恼怒地嘀咕着,回到自己的掩体后。

又过了一天的下午,农夫布朗的儿子来到大河边,但猎人没有再来。猎人觉得有农夫布朗的儿子在场,猎杀野鸭完全是浪费时间。

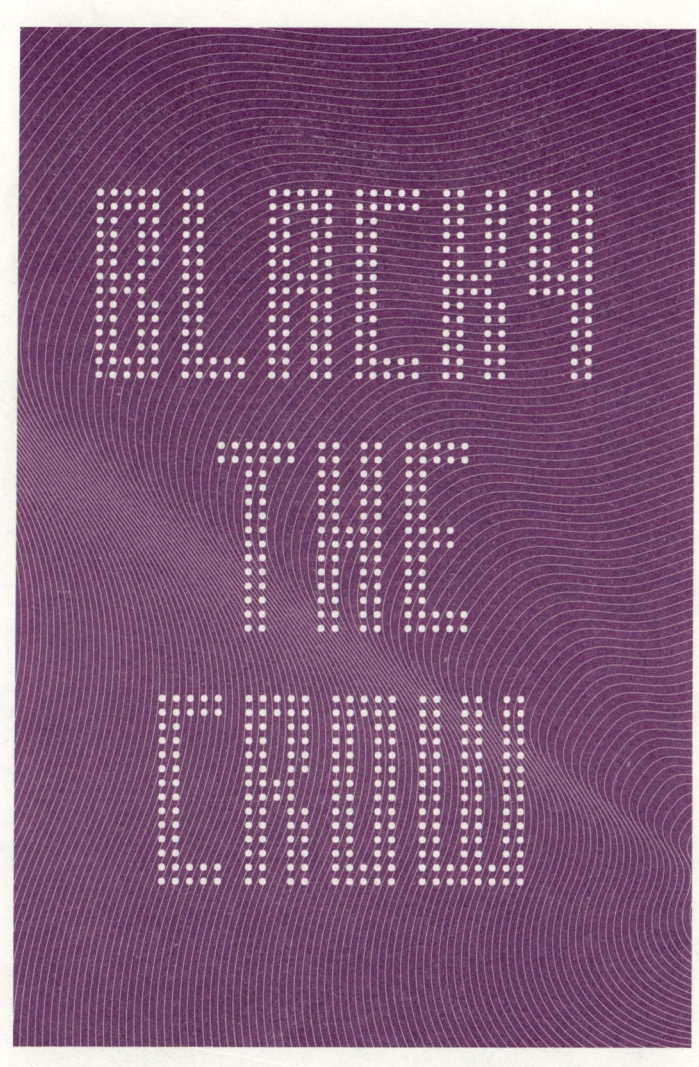

第二十七章
原来开空枪是为了救野鸭

不要轻易怀疑朋友,
你要一直相信他。

每天早晨,乌鸦布雷奇都会去大河岸边的灌木丛,希望能找到野鸭达西奇。他很着急,担心野鸭达西奇和他的伙伴都被打死了,他想确认这件事,毕竟农夫布朗的儿子在这里开了枪。终于,有一天早晨,乌鸦布雷奇在灌木丛和野稻地里找到了野鸭达西奇和那群野鸭。乌鸦布雷奇连忙点了点数——九只,一只也不少。乌鸦布雷奇深深地叹了口气,心情舒缓了许多,然后飞到了野鸭达西奇休息的岸边。

"你好!"乌鸦布雷奇说。

野鸭达西奇醒了醒神,说:"你好。"

乌鸦布雷奇说:"我这两天听见了一些可怕的枪

声,我很担心你们被打中了。"

野鸭达西奇说:"我们毫发未损,那枪并没有朝我们开,不知道怎么回事。"

乌鸦布雷奇很好奇地问:"那么那枪声是瞄准谁的?"

野鸭达西奇回答道:"我完全摸不着头脑。"

"其他野鸭呢,他们看见了吗?"乌鸦布雷奇问。

"没有,"野鸭达西奇急忙答道,"要是看见的话,我想我们就能知道怎么回事了。"

乌鸦布雷奇试探着问:"你知道吗?当那可怕的枪声响起的时候,灌木丛里是不是还有一杆枪?"

野鸭达西奇摇了摇头,说:"不知道。但很久以前,我就知道有枪的地方往往不只有一杆枪。所以我听到枪声时,就立刻飞走了。我们可不想冒什么风险。"

乌鸦布雷奇说:"你们真是幸运,灌木丛背后一直都有一个猎人。我曾经提醒过你们。"

"这倒是让我想起来了，我还没有感谢你呢，"野鸭达西奇说道，"我知道肯定有什么地方不对劲儿，但我也搞不清楚。原来是猎人呀。我记住了你的警告，真是万幸。"

"我想也是这样，"乌鸦布雷奇急忙说，"你现在改成白天来这儿了吗？"

野鸭达西奇说："不是，我们还是晚上来，在这里过夜。天黑之后就没有猎人了，没有什么可怕的东西。现在，我们很晚才敢到这儿来。从那天以后，我们再也没有听到枪声了。"

乌鸦布雷奇继续闲扯了一会儿，然后飞去吃早餐了。途中，他的心情十分愉快，他精明的眼睛眨了眨。"我本应该了解农夫布朗的儿子，而不是怀疑他。"乌鸦布雷奇心想。"我现在知道为什么他带了可怕的枪。他就是为了吓跑野鸭，好让猎人没有机会开枪打死他们。农夫布朗的儿子并不是要打中什么，他是在开空枪吓走野鸭。我再也不会怀疑农夫布朗的儿子了。还好,他带了可怕的枪的事情,我没有告诉过任何人。"

乌鸦布雷奇是对的。农夫布朗的儿子正是用这个办法让那个猎人没有机会猎杀任何一只野鸭。他看上去像个坏人,但实际上他才是野鸭达西奇和其他野鸭真正的朋友。

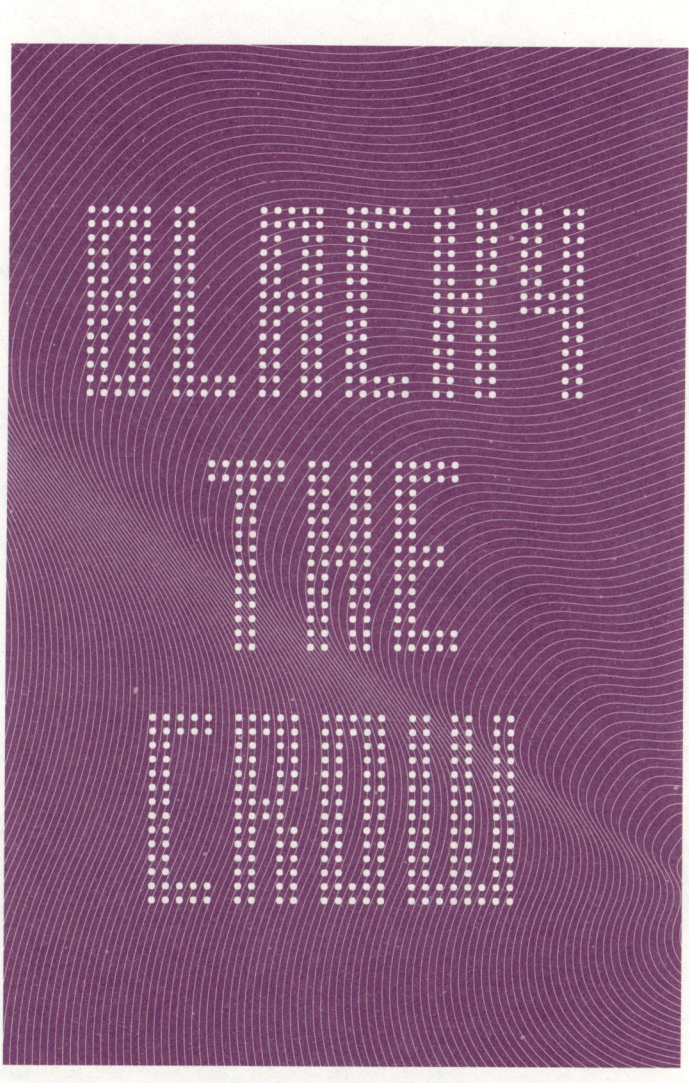

第二十八章
乌鸦布雷奇发现了鸡蛋

世界上最令人难过的事情,
莫过于眼前的美味不可得。

乌鸦布雷奇喜欢蛋,这件事每个人都知道。在这一点上,他和其他人很像,比如农夫布朗的儿子。可是,乌鸦布雷奇不能像农夫布朗的儿子一样自己养鸡,布雷奇只能偷蛋。如果你能接受显而易见的事实的话,我想乌鸦布雷奇说他与农夫布朗的儿子相比,自己不能算是个贼,这话并没有错。乌鸦布雷奇说鸡下的蛋虽然归鸡所有,但他也有权利像农夫布朗的儿子一样拿走蛋。但他似乎忘记了一个事实:农夫布朗的儿子负责饲养鸡,然后拿走蛋作为报酬。不管怎样,这是农夫布朗的儿子说的话,不知道那些鸡能不能明白。

所以,乌鸦布雷奇不能理解,为什么就算有机会,他也不能去拿蛋。他偷鸡蛋的机会实在不多。母鸡们通常会在鸡舍里下蛋，乌鸦布雷奇疑心太重，不敢冒险去里面。他的鸡蛋大多数都是从邻居们那里偷来的。但是，有时，有些傻乎乎的鸡会在鸡舍外面搭个窝。如果凑巧被每分每秒都在谋划偷蛋的乌鸦布雷奇看见的话，说不定他会少干点儿别的恶作剧，把省下来的时间拿来偷蛋。

现在，乌鸦布雷奇知道，在农夫布朗的儿子的眼里，他是怎样的一个坏家伙。所以，除非确信没有被枪击中的风险，乌鸦布雷奇绝对不敢接近农夫布朗或者其他人。乌鸦布雷奇知道枪是什么样子，也知道如果没有可怕的枪，农夫布朗或其他人就不能拿他怎么样。要是乌鸦布雷奇看到农夫布朗在地里，他就会飞过去，在农夫布朗脑袋上方盘旋，还以一种挑衅的口气呱呱乱叫。农夫布朗的儿子声称，乌鸦布雷奇一边这么干的时候，一边还在挤眉弄眼。

但是，乌鸦布雷奇绝对不会在农夫布朗家附近这么干。乌鸦布雷奇知道房子上有不少门窗，不知道哪个里面会伸出一竿可怕的枪来。乌鸦布雷奇相信农夫布朗的儿子不会伤害他，但他还是非常小心，不敢轻举妄动。一般情况下，他会在农夫布朗的房子与谷仓附近侦察一番，四下无人后才静悄悄地行动起来。乌鸦布雷奇蹲在可以看到农夫布朗家的一棵树上，确信路上无人、周围安全后，就飞向老果园。到了老果园，乌鸦布雷奇会认真观察谷仓前的院子，不弄出一丝响动，确定附近没有人后，会偶尔飞下去，到鸡舍前的院子里吃些玉米。要是乌鸦布雷奇在哪次无声的侦查中发现有人正巧在场，那他绝对不会忘记当时的情形。这一次，乌鸦布雷奇瞧见鸡舍门口有个箱子，箱子里铺着干草。他确信自己看见了干草中的一枚蛋，不，不，不，是两枚蛋。要不是有只母鸡从箱子上跳下来，他也不会注意到。母鸡神经兮兮的，但看起来并不是受了惊吓，反而是在炫耀着什么。乌鸦布雷奇不明白，也没有心思去弄清楚其中的缘由。他担心母鸡弄出的声响会把人给招来，把他想干的事情露了馅儿。于是，就像来的时候一样，他挥动翅膀，偷偷地、静悄悄地飞走了。他飞走的时候，又看了看那两枚蛋。你瞧，他往空中飞的时候，特地飞到了鸡舍上面，为了再瞧一眼那两枚蛋。只瞧一眼就够了，乌鸦布雷奇的眼神可好着呢。他看见了箱子里的干草和干草里的两枚蛋，这就足够了。就在那一刻，乌鸦布雷奇开始谋划怎么弄到鸡蛋，一枚或两枚都行。他从来没有这么渴望弄到什么东西。要是弄不到蛋，他觉得自己再也不会、再也不能有好心情了。

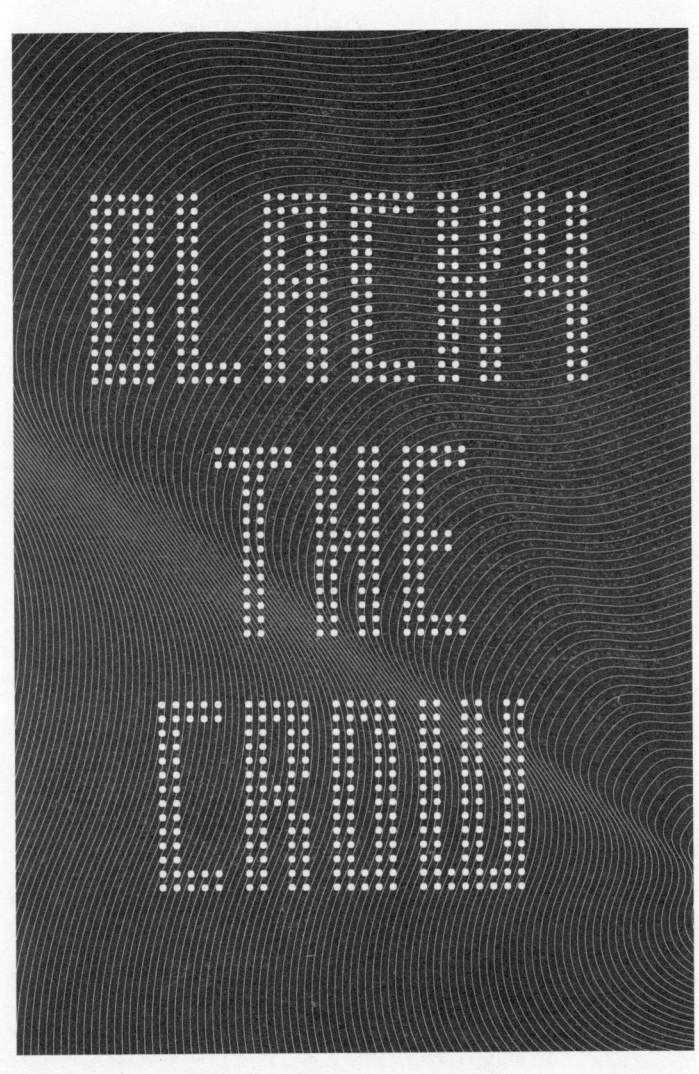

第二十九章
乌鸦布雷奇给自己打气

有蛋不拿,坐卧不安;
有蛋不吃,何以解馋。

眼不见为净。这是一句老话。有时这句话很有道理，有时就错得离谱。就拿乌鸦布雷奇的例子来说吧。他偷偷地瞧了农夫布朗家的鸡舍一眼，但这足够让他发现那里有两枚蛋。然后，他飞回了格林森林。尽管这两枚蛋离开了他的视线，可他一直惦记着。除了这两枚蛋，他别的什么都不想。他飞到了高高的松树梢上。每当乌鸦布雷奇打鬼主意的时候，都会去找那棵松树。站在高高的树梢上，在繁茂树枝的遮挡下，他很难被发现，这样他就可以专心思考。

"我想弄到一枚蛋，"乌鸦布雷奇站在松树梢上嘀咕着。他管这棵树叫"恶作剧之树"，因为在上面他总能想出办法来。"是的,我要弄到一枚蛋,而且我马上就能弄到了。"乌鸦布雷奇眯着眼,伸了伸脖子,吞咽了几下,好像正在吃美味的鸡蛋似的。"从我上次有幸吃到鸡蛋算起,已经过去很久了,现在我又有了机会。可是,我不喜欢进到鸡舍里面去,尽管鸡舍就在门里面一点点。我很害怕那个门,说不定门会关上。我得看看我是否能让负鼠比利叔叔帮忙从里面带一枚蛋给我——这个计划行不通,想想就知道了。我根本不相信比利。他自己也很喜欢鸡蛋。我倒是愿意和他分享,可他肯定先自己吃,我担心他会觉得味道不错,把鸡蛋都吃了。不行,不行,我得自己弄到一枚蛋。只有这样,我才能保证我能吃到蛋。剩下的事,就是确定什么时候农夫布朗和他的儿子都不在家——他们会去玉米地里。只要他们一去玉米地,我就有机会溜进鸡舍,根本不需要多长时间,只是得有点儿勇气。乌鸦布雷奇就是要勇敢一点儿!这个世界上,有什么东西不是靠冒点儿风险才能得到的呢？我要做的，就是把风险降到最低。"

乌鸦布雷奇展开翅膀，从高高的松树梢上悄无声息地飞走了，就像他悄无声息地飞来一样。他直接飞到了农夫布朗家的玉米地里。离玉米地足够近时，他停在了最高的一根篱笆柱子上。过了几分钟，他看见两个人在通往玉米地的小路上走着。他炯炯有神地看着他们，满意地舒了口气。那两个人就是农夫布朗和他的儿子。他们现在已经到了玉米地，准备去干活了。乌鸦布雷奇知道，现在是他去鸡舍的最佳时机。

不过，乌鸦布雷奇并没有直接去鸡舍。哦，乌鸦布雷奇不是一般的聪明，他可不愿做这样的蠢事。他飞回了格林森林。当他知道他已经远离玉米地里那两个人的视野时，又飞到老果园，停在了一棵苹果树上，从那里观察鸡舍、牛棚以及农夫布朗家的房子。他慢慢靠近鸡舍的门，那门没锁。终于，他看见了鸡舍里的箱子。他直接走过去推开门,朝里面瞅去。里面并没有什么让他害怕的东西,但他还是犹豫不决。他真的很讨厌进到门里面去,哪怕只是一分钟。只要一分钟,他就可以飞到鸡窝,拿到蛋。

乌鸦布雷奇的眼睛闭了一下,好像在想象吃蛋的感觉。"你到底怕什么呢?"他睁开眼,对自己说道。然后,乌鸦布雷奇匆匆环视了四周,飞到了箱子边。箱子里面有两枚蛋。

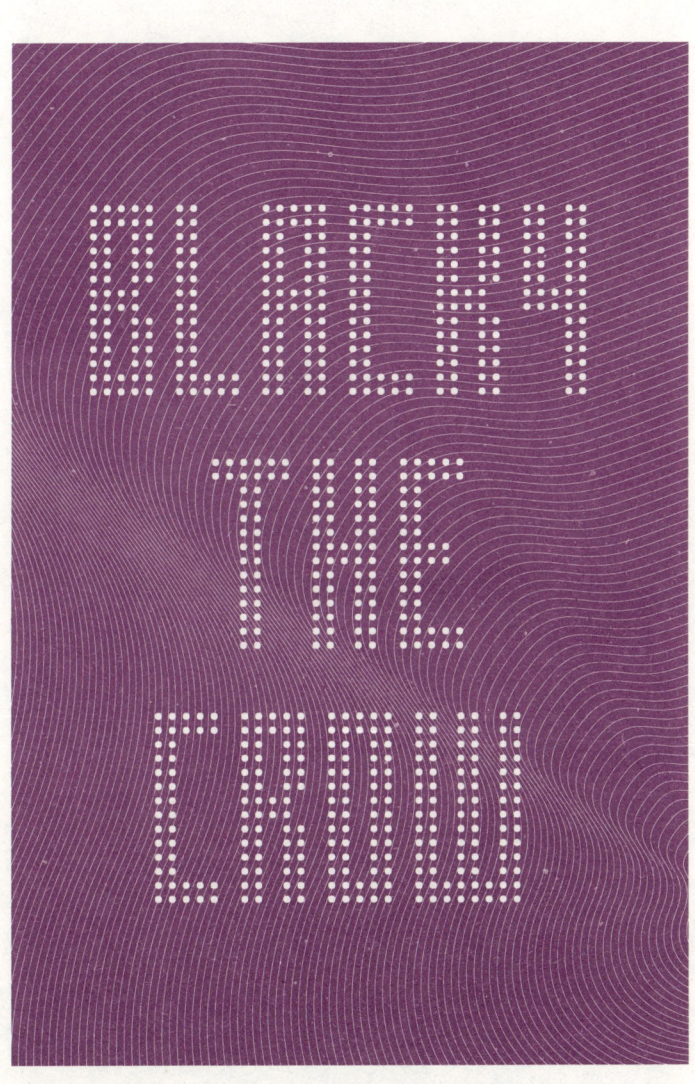

第三十章
一枚不听话的鸡蛋

一个不会动的蛋,
　你打算怎么弄?

这些话都是胡言乱语。有谁听说过蛋能动这种鬼话？根本没人听说过，除了乌鸦布雷奇自己。这几天最好不要在乌鸦布雷奇面前提起蛋的事情，这是他忌讳的话题。听到有人提到蛋，乌鸦布雷奇就会生气。好比你发现自己好像知道了某件事，但最后却什么也不知道，这是什么感受？现在，乌鸦布雷奇的感受就是这样。

如果有人告诉乌鸦布雷奇说他根本不了解蛋，他一定会笑话这种想法。乌鸦布雷奇有没有为自己弄到过蛋，偷到过蛋，吃到过蛋呢？如果连他都不了解蛋这种东西，那还有谁了解呢？在他面前提起蛋是很不明智的行为。

当乌鸦布雷奇看见鸡窝里有两枚蛋的时候,多么想把两枚蛋都拿走。但他不能这么做。拿一枚就已经是他的极限了。他必须在拿一枚蛋后赶快离开,免得情况有变。可是,拿走哪一枚呢?

生活中经常有这种微不足道的小事,却往往让人拿不定主意。其实,现在对乌鸦布雷奇来说,拿走哪一枚蛋并没有什么区别,只不过一枚大一点儿,一枚小一点儿罢了。事实上,就是这点微不足道的差别影响着世界。有一枚蛋是土黄色的,很好看;另一枚,稍大一点儿,白色的,也很好看。乌鸦布雷奇认为这枚大点儿的蛋更好看一些,因为它光滑锃亮。也许是这个原因,乌鸦布雷奇选择了白色的蛋。他用爪子拿着蛋,准备离开。可是,不知怎么的,他抓不牢这枚蛋。他飞到了门外面的地上,专心抓稳了鸡蛋。就在这时,老公鸡丹迪生气地冲了过来,脖子上的羽毛都张开了。

乌鸦布雷奇慌忙飞上天空，准备飞过老果园，回到格林森林去。

现在，乌鸦布雷奇非常想扯开嗓子欢呼，以前他从来没有过这种感觉。他觉得自己非常聪明，一直都这样认为的。飞到一个安全的地方享用美味的鸡蛋，还得等一段时间。乌鸦布雷奇正在去往果园的路上，突然感觉鸡蛋要从爪子里滑落了。鸡蛋不太方便拿，就算再小心，也比较难。蛋向下滑了一点点，乌鸦布雷奇准备飞向地面，但他还是不够快。这时，花栗鼠透过旧石墙的缝隙看到，一个白色的东西从乌鸦布雷奇的爪子里掉了下来。他看见乌鸦布雷奇紧紧地追着那个东西，试图抓住它，可没抓着。那个白色的东西砸在苹果树树枝上，又弹了开去，落在地面上。乌鸦布雷奇在后面紧紧跟着。

花栗鼠悄悄地偷看乌鸦布雷奇在做什么。乌鸦布雷奇站在那个白色的东西附近。那东西看上去很像一枚蛋。乌鸦布雷奇看着那个东西,表情非常奇怪。

　　乌鸦布雷奇一下下地伸着脖子,用他的大嘴啄着那个东西。那枚蛋不太对劲儿——撞上苹果树树枝时它就应该碎了;布雷奇用大嘴啄那枚蛋时,它也应该碎了。如果他不打破蛋,又怎么能吃到蛋呢?

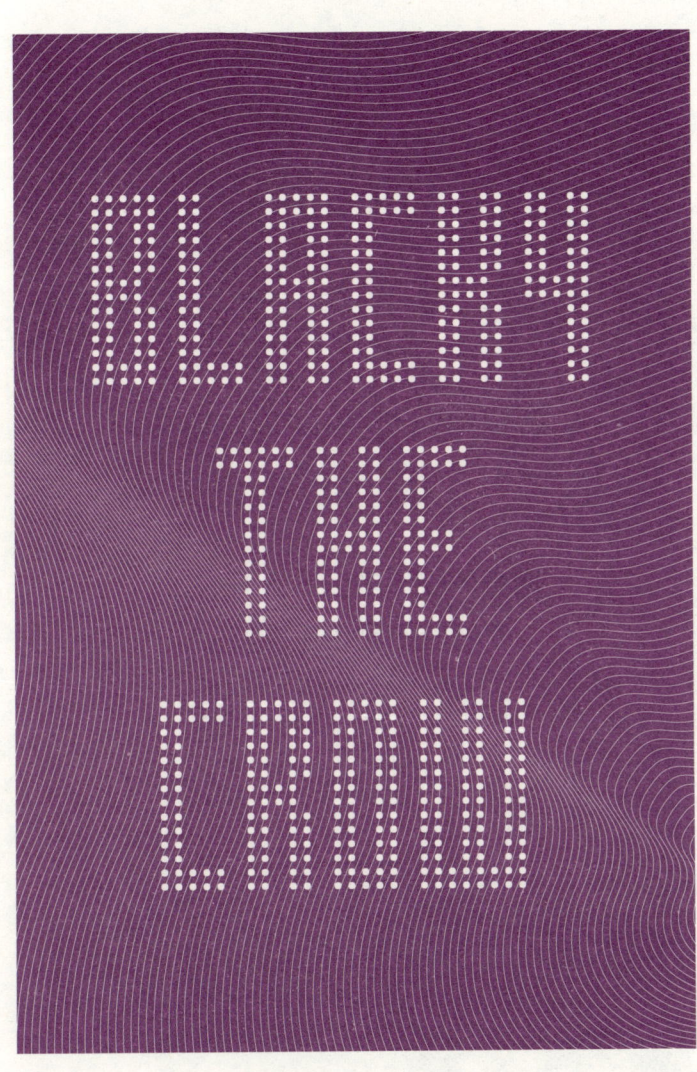

第三十一章
乌鸦布雷奇拿偷来的鸡蛋
干了些什么

拥有一枚蛋多么令人开心,
就算吃不到也不要紧。

乌鸦布雷奇十分困惑，从农夫布朗家的鸡舍里偷来蛋后，他就没了主意。这和他曾经见过的蛋不一样。以前，他见到的蛋都很漂亮，也一定很美味。他一直希望有机会尝尝蛋的味道，可是，如果不打破蛋，又怎么能吃到蛋呢？他从来没听说过蛋壳这种东西，并怀疑其他人也没有听说过。他用大嘴使劲地啄着蛋，又怕啄坏它，于是停了下来。他越是不知道怎样才能吃到蛋，就越是想吃，越觉得没有比蛋更美味的东西了。不过，老果园可不是他干这事的地方。这里离农夫布朗家太近了，乌鸦布雷奇感到不安心，心里有负罪感，良心过意不去。按他的思维方式，能得到这枚蛋就说明他很聪明了。他和别人一样，尤其是和农夫布朗的儿子一样，都有拥有蛋的权利。然而，他并不是很确定农夫布朗的儿子怎么看这件事。事实上，乌鸦布雷奇有种感觉，如果农夫布朗的儿子发现鸡蛋被偷了，一定说他是贼。再就是，老果园里有太多双眼睛，乌鸦布雷奇需要飞到一个能做这件事的地方，那里不会有别人。他很自以为是，如果他吃不到这枚蛋，那世上还会有谁能吃到？于是，乌鸦布雷奇捡起蛋，飞向了格林森林。这次他稳稳地抓着蛋，没让它掉下去。

现在，你肯定不怀疑乌鸦布雷奇的智慧和计谋了吧？你也不会怀疑他对那些闪闪发亮的东西的兴趣了吧？乌鸦布雷奇就是这个样子。在这一点上，他就像个小孩，任何闪闪发亮的东西都会让他兴奋不已。如果他发现这种东西，就一定会把它带到一个隐蔽的地方，并对这个东西爱不释手，与这个东西玩耍，甚至把它藏起来。不过，如果不知道事情的真相——真相不会是这样的——大家一定认为乌鸦布雷奇和农夫布朗的儿子有相似之处,他们的口袋里永远装着一些没用的、奇奇怪怪的东西。乌鸦布雷奇没有口袋,所以他会把东西藏在隐蔽的地方,这个地方是他的藏宝库。每天他都会去藏宝库里翻出那些宝贝,看一看,瞧一瞧,玩一玩,然后又小心地把它们盖起来。一开始,乌鸦布雷奇把这枚蛋带到离他家很近的地方试了好几次,都没能把鸡蛋打破,就算他怒气冲冲,使劲儿敲打也无济于事。他只好放弃了,飞到他最喜爱的松树梢上,在那里他可以看见那枚让人生气的鸡蛋。鸡蛋闪着光,格外地白。当一小束太阳光照在鸡蛋上时,鸡蛋亮得晃眼,但乌鸦布雷奇也舍不得把眼睛挪开半秒。

慢慢地,乌鸦布雷奇忘记了那是一枚蛋,至少忘记了他想吃那枚蛋。只要能见到那枚蛋他就非常高兴,也许这不能填饱肚子,但能让他一饱眼福。他忘记了这是能吃的东西，只觉得这是可以观赏的东西。他很高兴自己没有打破鸡蛋壳。

乌鸦布雷奇又一次展开翅膀，飞到了鸡蛋旁边。他昂起头，看着鸡蛋。他绕着鸡蛋转圈，对自己说："真棒，真棒，真棒！是我的，是我的，是我的！真棒，真棒！是我的，是我的！"

乌鸦布雷奇看了看四周，确信没有人，然后推着蛋玩了起来。他打心底里喜欢这枚蛋。最后，他捡起蛋，带到藏宝库小心埋好。有时，乌鸦布雷奇会想，到底是什么样的母鸡才能下出壳这么硬的蛋呢？

关于乌鸦布雷奇还有很多有趣的故事，可是得另写一本书才能讲完。这对其他有类似经历的小动物们来说不是很公平，这些可爱的小动物就住在格林森林里。